REISE HUNGER

NICOLE STICH

REISE HUNGER

1

vespa

WENN EINER EINE REISE TUT

Was kommt Ihnen in den Sinn, wenn Sie an Ihre allererste Reise denken – also die erste, an die Sie sich erinnern können? Tolle Sehenswürdigkeiten und ein Museum? Wohl kaum. Stundenlanges Sandburgenbauen am Strand, das Tunnelzählen auf dem Weg durch die Alpen oder die Bekanntschaft mit allerlei Bauernhoftieren? Wahrscheinlich schon eher. Wir erinnern uns nun mal am eindringlichsten an Erlebnisse, die uns ein besonderes Glücksgefühl beschert haben. Im Umkehrschluss heißt das für mich, dass Essen mich schon immer sehr glücklich gemacht haben muss, denn besonders viele meiner Urlaubserinnerungen ranken sich um gutes Essen. Vielleicht liegt es auch daran, dass Essen so viele unserer Sinne beschäftigt? Man sieht es, kann es erschnuppern, dann schmeckt man den ersten Bissen ... und schwelgt oft noch lange Zeit danach in Erinnerungen daran.

Menschen, die gern reisen, bringen sich häufig Souvenirs von ihren Touren mit – bei mir sind es immer ein paar besondere Zutaten, gepaart mit Ideen und Rezepten für meine Küche daheim. Erinnerungen an die schönen Tage lassen sich auf diese Weise wunderbar bewahren und in den Alltag integrieren. Ganz nebenbei wird das eigene Rezeptrepertoire immer bunter und vielfältiger und man lernt viel über die Kultur und die kulinarische Vorlieben anderer Länder. Viele Rezepte aus diesem Buch sind genau so entstanden: Vor Ort habe ich mir Notizen zu Zutaten und der Zubereitung meiner Lieblingsgerichte gemacht, zu Hause dann weiter zur jeweiligen Länderküche recherchiert und schließlich so lange am Rezept gefeilt, bis es meinen Vorstellungen und Erinnerungen entsprach.

Jetzt wünsche ich mir, dass diese Rezepte Ihnen Lust aufs Reisen und weiteres Entdecken der jeweiligen Länderküchen machen. Lassen Sie sich mit Hähnchen Karaage in ein Hawker Centre in Singapur entführen oder mit Feta »Avissinia« in das gleichlautende Café im Herzen von Athen – ein paar Minuten wunderbare Auszeit vom Alltag sind Ihnen gewiss. Jedes Länderkapitel enthält eine Auswahl meiner Lieblingsrezepte für jede Gelegenheit: vom Frühstück über Snacks, Vorspeisen, Hauptgerichte und Salate bis zu Gebäck oder Desserts. Jetzt liegt es an Ihnen ... wohin darf's gehen? Gute Reise! Bon voyage! Enjoy your trip!

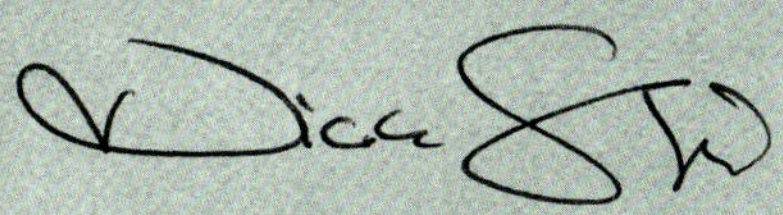

KULINARISCHES REISEN
KURZ & KNAPP

ANTIZYKLISCHE REISEPLANUNG
Wenn möglich außerhalb der typischen Ferienzeiten verreisen, das schont Reisekasse sowie Nerven (viel weniger Staus!) und etliches ist weniger überlaufen. Unbedingt auch die Ferienzeiten des Reiselandes überprüfen (Beispiel Ferragosto in Italien, viele Restaurants machen dann selbst Urlaub).

SICH ÜBER LANDESSPRACHE UND -GEPFLOGENHEITEN INFORMIEREN
Begrüßungen, Ja/Nein, Danke!, »Die Rechnung,bitte!«, dazu ein paar Floskeln fürs Einkaufen – das alles ist fix nachgeschlagen und eingeübt, wirkt aber oft Wunder. Ebenso wichtig sind ländertypische Eigenarten, dass man etwa in Spanien deutlich später zu Abend isst oder wie hoch das Trinkgeld üblicherweise ist.

BLOGS ALS REISEFÜHRER
Foodblogs und Reiseblogs decken mittlerweile nahezu jedes Fleckchen Erde ab. Gerade wenn Blogger über »ihre« Stadt oder Region schreiben, sind sie oft die beste Informationsquelle. Darüber hinaus erlauben sie eine unkomplizierte Kontaktaufnahme für spezifische Fragen per E-Mail oder Kommentarfunktion.

MIT DEN EINHEIMISCHEN REDEN
Gerade Leute, die selbst produzierte Lebensmittel verkaufen oder mit Essen zu tun haben (z. B. Marktstandbetreiber oder Mitarbeiter der Gastronomie) haben mir schon so manche gute Adresse verraten. Man bekommt mit ziemlicher Sicherheit Tipps, die vor allem von Einheimischen geschätzt werden. Das klappt oft mit wenigen Phrasen der Landessprache oder simplem Englisch, wobei ein Lächeln und ein bisschen Smalltalk über die Produkte oder das Essen gute Eisbrecher sind. Bei Empfehlungen von Hotelmitarbeitern bin ich eher vorsichtig, mitunter bekommen diese Provision, wenn sie Gäste in bestimmte Lokale lotsen.

TOURISTENFALLEN VERMEIDEN
Zumindest zwei verräterische Anzeichen kann man relativ leicht erspähen und den Restaurants aus dem Weg gehen. Fernhalten sollte man sich von Lokalen mit Anwerbern und solchen mit billigen Fotospeisekarten (die Kunstform der japanischen Plastiknachbildungen nehme ich davon aus!). Rein zufällig findet man beides besonders häufig in der Nähe von touristischen Sehenswürdigkeiten …

SEINEN KULINARISCHEN HORIZONT ERWEITERN
Natürlich kann ich im Urlaub auf mein Schnitzel bestehen, aber muss ich dazu in ein fremdes Land reisen? Mit Neugierde und Entdeckergeist (und manchmal auch einer Portion Mut) lassen sich in jedem Land kulinarische Besonderheiten ausmachen. Im Zweifel gibt es nämlich einen guten Grund, warum lokale Spezialitäten so populär bei den Einheimischen sind – sie schmecken ganz ausgezeichnet. Also Vorurteile über Bord werfen und auch mal was Neues ausprobieren!

PLANLOS SEIN
Wer seine Reisen üblicherweise durchtaktet und lange To-do-Listen abarbeitet, der sollte unbedingt mal das andere Extrem ausprobieren und nur ganz wenige Eckpunkte festlegen. Sich treiben lassen, spontan der Nase nach. Und jeden Tag aufs Neue entscheiden, wonach einem der Sinn steht. Aber Vorsicht, man könnte dabei auf den Geschmack kommen …

HUMOR IST, WENN MAN TROTZDEM LACHT
Ein Pilotenstreik, ein hundsmiserables Essen oder ein abgeschleppter Mietwagen – trotz guter Vorbereitung geht dann und wann auch einmal etwas schief. Davon geht die Welt aber nicht unter und je relaxter man damit umgeht, umso besser für alle Beteiligten. Und man hat zu Hause wirklich etwas zu erzählen.

USA

Luftige lauwarme **Popovers,** herrlich verbotener **Matzobrei,** die Toasts von heute: **Grilled Cheese,** ungewöhnliche **Boozy Bacon Jam,** ultra-frischer **Crunch Salat »California«,** bunter **Sausalito-Salat mit Speck,** der weltbeste **Fried Rice,** satte goldgelbe **Mac'n'Cheese,** Geschmackswunder **Ofenlachs mit Sesamspinat,** Crowd-Pleaser **Chicken Wings mit Blue Cheese Dip,** quer durch die USA – **Road-Trip,** hot – hot – hot: **Schoko-Pflaumen-Crumble,** einzigartiger Immer-eine-Sünde-wert-Kuchen **All-American Cheesecake** mit Erdbeeren.

LAUWARME POPOVERS

FÜR 8–12 POPOVERS
1 EL Butter
2 Eier (L)
¼ l Milch
½ TL Meersalz
125 g Mehl

AUSSERDEM
Popover- oder
12er-Muffinform
Butter zum Fetten der Form

ZUBEREITUNGSZEIT: 20 Min.
BACKZEIT: 40 Min.
PRO STÜCK (BEI 12):
ca. 70 kcal, 3 g EW, 3 g F, 8 g KH

1 Alle Zutaten sollten Raumtemperatur haben. Den Backofen auf 220° vorheizen. Die Vertiefungen der Popover- oder Muffinform gut mit Butter einfetten, am besten nimmt man dazu die Finger. 1 EL Butter schmelzen und kurz abkühlen lassen.

2 In einer Schüssel die geschmolzene Butter, Eier, Milch und Salz kurz glatt rühren. Dann das Mehl auf einmal zugeben und nur solange weiterrühren, bis keine Klümpchen mehr sichtbar sind. Das funktioniert wunderbar von Hand mit einem Schneebesen, kann aber auch mit den Quirlen des Handrührgeräts erledigt werden – in jedem Fall den Teig nicht länger als nötig bearbeiten. Ich fülle den Teig nun in ein hohes Gefäß mit Ausgießer, da dies das Portionieren erleichtert, das muss aber nicht sein.

3 Die Backform für 2 Min. in den Ofen stellen, dadurch gehen die Popovers nachher besonders gut auf. Form herausnehmen (Vorsicht, sehr heiß!) und den Teig in den Vertiefungen verteilen, sie sollten jeweils zu zwei Dritteln gefüllt sein. Leere Mulden kann man zum Schutz der Form mit ein wenig Wasser füllen, es geht aber auch so.

4 Form in den Ofen (Mitte) schieben und die Popovers 20 Min. backen, dann die Temperatur auf 180–190° reduzieren und die Popovers weitere 15–20 Min. backen. Die Ofentür unbedingt die ganze Zeit geschlossen halten, sonst könnten die Popovers in sich zusammenfallen.

5 Die Form aus dem Ofen holen und die Popovers sofort herauslösen. Wenn man nun jedes hohle Gebäckstück einzeln mit einem spitzen Messer ansticht, kann es besser ausdampfen und bleibt länger kross. Popovers pur oder mit Butter und einer Lieblingskonfitüre genießen – am allerbesten solange sie noch warm sind!

TIPP Eine süße Variante habe ich mir von meinem Freund David Lebovitz abgeschaut: Die Popovers nach dem Lösen aus der Form mit geschmolzener Butter einpinseln und in Zimtzucker wenden – mmmhhhh!

Die USA lassen sich am besten mit dem Auto erkunden. Zu den schönsten Strecken gehört natürlich der Highway No. 1 in Kalifornien, bei dem man lange Strecken direkt an der spektakulären Pazifikküste entlang fahren kann. Wir hatten mehrere Tage für den Abschnitt von San Francisco nach Los Angeles eingeplant und verbrachten unsere erste Nacht im alteingesessenen »Cypress Inn« in Carmel-by-the-Sea. Recht populär ist dieses Hotel aus zwei Gründen: Es ist besonders hundefreundlich und eine der Betreiberinnen ist die Schauspielerin Doris Day. Man könnte aber noch einen dritten Grund anfügen: Das Frühstück mit duftenden Mandelcroissants und warmen Popovers ist ein Traum!

Auch ohne religiösen Hintergrund habe ich eine große Schwäche für jüdische Rezepte. Genauer gesagt für jüdisches Gebäck wie Bagel, Bialy, Rugelach oder Challah. Aber seit meinem ersten Matzo-Brei in NYC gehört auch diese Rührei-Variante zu meinen Lieblingsrezepten. Wichtigste Zutat – neben den Eiern – ist Matze, ein ungesäuertes crackerähnliches und recht geschmacksneutrales Brot, das man in großen Supermärkten im Regal nebem dem Toastbrot findet. Und wieso »verbotener« Matzo-Brei? Der jüdische Glaube verbietet den Genuss von Schweinefleisch. Erweitert man den traditionellen Matzo-Brei nun um kross gebratenen Speck, dann wird das Frühstück zu einer himmlischen Angelegenheit – wenn auch leider verboten!

VERBOTENER MATZO-BREI

FÜR 2 PERSONEN
3 Matzen (60–70 g)
3 Eier (M oder L)
2–3 EL Sahne oder Milch
Meersalz
frisch gemahlener schwarzer Pfeffer
1 (rote) Zwiebel
50 g Frühstücksspeck oder Pancetta (in dünnen Scheiben)
2–3 EL Butter

ZUM SERVIEREN
Ahornsirup oder fein geschnittener Schnittlauch

ZUBEREITUNGSZEIT: 15 Min.
PRO PORTION:
ca. 530 kcal, 19 g EW, 37 g F, 30 g KH

1 Die Matzen in mundgerechte Stücke brechen und in einer Schüssel in lauwarmem Wasser kurz einweichen (½ Min. reicht völlig; je länger man die Matzen einweichen lässt, desto weicher wird später der Brei). Dann das Wasser komplett abgießen.

2 Die Eier mit der Sahne oder Milch in eine kleine Schüssel geben, salzen und pfeffern und alles mit einer Gabel gut verschlagen. Zwiebel schälen, halbieren und in feine Spalten schneiden. Speck oder Pancetta in dünne Streifen oder kleine Würfel schneiden.

3 Die Butter in einer beschichteten Pfanne schmelzen und aufschäumen lassen. Speck oder Pancetta und Zwiebel dazugeben und bei geringer bis mittlerer Hitze unter Rühren goldgelb anbraten.

4 Angerührte Eier über die Matzen gießen, gut vermengen und dann über den Speckzwiebeln verteilen. Temperatur hochdrehen und den Brei unter Rühren bis zur gewünschten Garstufe anbraten. Ähnlich wie bei Rühreiern kann man den Matzo-Brei nur kurz garen und noch leicht cremig genießen oder 3–4 Min. kräftig anbraten, bis die Matzen-Stückchen beginnen kross zu werden.

5 Den Matzo-Brei auf Teller verteilen und sofort genießen. Ich esse diesen Brei am liebsten mit Ahornsirup beträufelt – wer sich das nicht vorstellen kann, soll es einfach einmal ausprobieren! Alternativ mit ein wenig Schnittlauchröllchen bestreuen.

TIPP Matzo-Brei kann man süß oder salzig zubereiten. Bei der süßen Variante würde man einfach Zwiebel und Speck oder Pancetta weglassen und den Brei mit Zimtzucker, Konfitüre oder Kompott servieren. Richtig würzig wird's dagegen mit Räucherlachs, Dill und ein wenig Frischkäse.

TOASTS VON HEUTE

GRILLED CHEESE

Was mir während der Studentenzeit des Öfteren das Leben gerettet hat: ein ganz banaler Käsetoast, in den USA »grilled cheese« genannt. Das Spektrum mag mit einer Toast- und Käsescheibe zwar recht unspektakulär beginnen, aber nach oben sind der Fantasie keinerlei Grenzen gesetzt.

CLASSIC GRILLED CHEESE

2 Scheiben Weiß-, Toast- oder Sandwichbrot entrinden und beidseitig dünn mit weicher Butter, Olivenöl oder Mayonnaise einstreichen. In einer Pfanne bei geringer Hitze von einer Seite goldbraun braten, wenden und mit je 1 dünnen Käsescheibe (z. B. Gouda, Cheddar, Gruyère) belegen. Sobald auch die anderen Brotseiten gut gebräunt sind und der Käse geschmolzen ist, die Scheiben zusammenklappen. Aus der Pfanne nehmen, diagonal halbieren und reinbeißen. Ziehende Käsefäden inklusive!

Geschmacklich richtig spannend wird es aber erst, wenn weitere Zutaten ins Spiel kommen. Hier meine Lieblingskombis:

MANGO & CHEDDAR

Sandwichbrotscheiben mit Mayonnaise einstreichen und wie beschrieben in der Pfanne braten, dabei die 1 Brotscheibe mit Mangochutney bestreichen, die andere mit Cheddar belegen. Fertige Brotscheiben zusammenklappen.

LE PETIT FRANÇAIS

Sauerteigbrotscheiben mit Butter einstreichen und wie beschrieben in der Pfanne braten, dabei die 1 Brotscheibe mit karamellisierten Zwiebel-Apfel-Raspeln bestreichen, die andere mit Brie belegen. Fertige Brotscheiben zusammenklappen.

RÖSTPAPRIKA & RICOTTA

Weißbrotscheiben mit Butter einstreichen und wie beschrieben in der Pfanne braten, dabei die 1 Brotscheibe mit gerösteten Paprikaschoten belegen, die andere dick mit Ricotta bestreichen. Fertige Brotscheiben mit Basilikum garnieren, zusammenklappen.

BROT

Weißbrot, Toastbrot, Sandwichbrot, Roggenbrot, Sauerteigbrot, Olivenbrot, altbackenes Brot, …

AUFSTRICHE

Butter, Mayonnaise, Olivenöl für die Bräunung des Toasts, andere Aufstriche für den Geschmack: Pesto (grün, rot), Chutney, Relish, karamellisierte Zwiebeln, Guacamole, Konfitüren (Feige, Tomate, Aprikose, Pfirsich, Pflaumenmus, Preiselbeeren), Bacon Jam (siehe S. 18), Sambal Oelek, Sriracha-Chilisauce, Senf, Tapenade, Sardellenpaste, Honig, Balsamico, …

KÄSE

Zart schmelzende Käse (lieber jünger als älter), am besten in dünnen Scheiben, notfalls auch gerieben; bei geringer Schmelzeigenschaft (z. B. Feta, Ziegenfrischkäse, Parmesan) eine gut schmelzende Sorte dazumischen. Optimal sind: Asiago, Cheddar, Brie, Comté, Emmentaler, Taleggio, Fontina, Gruyère, Gorgonzola, Provolone, Mozzarella, Scamorza, …

OBST & GEMÜSE

Entweder in dünnen Scheiben oder fein gehackt: Apfel, Birne, Pfirsich, Ananas, Tomaten, Gurken, Avocado, Zwiebeln, Pickles, Kimchi, eingelegte Antipasti, gebratene Pilze, frische Kräuter und Salat, …

SPECIALS

Speck, Schinken oder ein Spiegelei.

BOOZY BACON JAM

FÜR 1 GLAS (200–250 ML)
3–4 rote Zwiebeln (ca. 200 g)
200 g durchwachsener Räucherspeck (in dünnen Scheiben)
1–2 Knoblauchzehen
¼ TL Zimtpulver
1 Sternanis
75 ml roter Portwein
60 ml Ahornsirup
2 EL gereifter, dickflüssiger Aceto balsamico
Meersalz
frisch gemahlener schwarzer Pfeffer
Chiliflocken oder Chipotlepulver (gemahlene geräucherte Jalapeños, gibt es in Online-Shops zu kaufen)

ZUBEREITUNGSZEIT: 30 Min.
PRO GLAS:
ca. 1035 kcal, 66 g EW, 47 g F, 67 g KH

1 Die Zwiebeln schälen und in ca. 1 cm große Würfel schneiden, ebenso den Speck. Den Knoblauch schälen und fein hacken. Eine große Pfanne erhitzen und darin die Speckwürfel unter Rühren bei mittlerer Hitze goldbraun und knusprig braten. Mit einem Schaumlöffel herausnehmen und auf Küchenpapier entfetten.

2 Die Zwiebeln ins verbliebene Fett in der Pfanne geben und glasig andünsten. Dann Knoblauch, Zimtpulver und Sternanis dazugeben und die Zwiebeln weiter bei geringer Hitze dünsten, bis sie goldbraun karamellisiert sind (mindestens 6–8 Min.).

3 Die Zwiebeln mit Portwein, Ahornsirup und Balsamico ablöschen, den Speck dazugeben und alles kurz einkochen lassen, bis eine dickflüssige Konsistenz erreicht ist. Anis entfernen und die Konfitüre mit Salz, Pfeffer und Chiliflocken oder Chipotlepulver abschmecken.

4 Die Speckkonfitüre in ein gründlich gesäubertes Einmach- oder Twist-off-Glas füllen und gut verschließen. Die Konfitüre hält sich im Kühlschrank mehrere Wochen.

TIPPS Bacon Jam schmeckt zu Toast oder Grilled Cheese (siehe S. 16), als Sandwichaufstrich, auf einem Burger, zu Käse, eingerührt in Dressings, Pastasaucen oder Rühreier sowie auf kleinen Amuse-Bouche (z. B. Cracker mit einem kleinen Stück Käse und etwas Bacon Jam darauf).
Vor der Verwendung die pikante Konfitüre Raumtemperatur annehmen lassen, dann lässt sie sich besser verstreichen bzw. verarbeiten.
Wer möchte, mixt die Bacon Jam (solange sie noch warm ist) noch kurz mit dem Pürierstab, um ihr eine leicht cremige Konstistenz zu geben. Ich schätze allerdings die stückige Version. Und anstelle von Portwein eignen sich auch andere alkoholische Getränke wie Whiskey, Sherry oder Bier.

So gern ich selber Geschenke mache, so ungern werde ich beschenkt. Einzige Ausnahme: Essbares oder Selbstgemachtes. Unsere amerikanischen Freunde Sherry und Bob sind mindestens genauso essensverrückt wie wir, und sie schaffen es immer wieder, mich mit etwas Köstlichem zu überraschen. Ob nun Meyer-Zitronen aus ihrem Garten, Askinosie-Schokolade oder Kleinigkeiten aus der Bouchon Bakery – jedes ihrer Mitbringsel ist ein Volltreffer. Und Bob war es auch, der mir vor Jahren ein Glas Bacon Jam aus Seattle in die Hand drückte, lange bevor diese Kreation den Siegeszug durch die Welt der Feinschmecker, Foodies und Blogger angetreten hat. Und es war Liebe auf den ersten Biss, schon beim ersten Löffel! Diese Jam macht aus jedem simplen Sandwich etwas ganz Besonderes.

EXTRA-KNACKIG

CRUNCH SALAD »CALIFORNIA«

FÜR 2–4 PERSONEN
50 g Walnüsse
40 g Sultaninen
1 grüner Apfel (z. B. Granny Smith)
1 süßlicher roter Apfel (z. B. Braeburn)
3–4 EL Zitronensaft
½ Knolle Fenchel (mit Grün)
1–2 Stangen Staudensellerie
40 g Crème fraîche oder Schmand
2 EL Ahornsirup (ersatzweise Honig)
frisch gemahlener schwarzer Pfeffer
80–100 g Blauschimmelkäse

ZUBEREITUNGSZEIT: 20 Min.
PRO PORTION (BEI 4):
ca. 320 kcal, 7 g EW, 23 g F, 22 g KH

Zu jeder US-Stadt, in der ich viel Zeit verbracht habe, kommen mir sofort ein paar typische Gerichte in den Sinn, die meinen Aufenthalt dort begleitet haben. Bei Los Angeles sind das Frozen Yogurt, Sushi und Burger. Und knackige (Rohkost-)Salate – der bewusste und gesunde Lebensstil der Südkalifornier ist nämlich ansteckend.

1 Walnüsse nicht zu fein hacken. Wer Sultaninen nicht besonders schätzt, zerkleinert sie auch, dann fallen sie weniger auf (bitte nicht weglassen!).

2 Die Äpfel waschen und mit der Reibe bis zum Kerngehäuse in Stifte hobeln. In eine Schüssel geben und sofort mit 2 EL Zitronensaft vermengen – sonst werden die Äpfel schnell braun. Fenchel und Sellerie waschen, putzen, in dünne Scheiben hobeln oder schneiden und unter die Äpfel mischen. Das Fenchelgrün fein hacken und ebenfalls untermengen (eventuell ein wenig fürs Finish aufheben).

3 Übrigen Zitronensaft mit Crème fraîche oder Schmand und Ahornsirup verrühren und zusammen mit den Sultaninen gut unter den Salat mischen. Auf Schalen verteilen, mit ein wenig Pfeffer würzen und Walnüsse sowie eventuell Fenchelgrün darüberstreuen. Zum Schluss noch den Käse in kleinen Stücken auf dem Salat verteilen.

TIPP Wer mag, kann die gehackten Walnüsse auch noch kurz anrösten, bevor sie auf den Salat kommen. Mit Birnen-, Nektarinen- oder Orangenspalten lässt sich der Salat weiter variieren.

SAUSALITO-SALAT
MIT SPECK

GROSSE LIEBE

FÜR 2–4 PERSONEN
200 g (bunte) Kirschtomaten
2 Mini-Romanasalate
1 kleine rote Zwiebel
1 Hass-Avocado
½ Bund Koriandergrün
½ grüne Chilischote (nach Belieben)
75 g durchwachsener Räucherspeck (in dünnen Scheiben)
2 Maiskolben
2–3 EL Limettensaft
4 EL Olivenöl
Meersalz
frisch gemahlener schwarzer Pfeffer

ZUBEREITUNGSZEIT: 30 Min.
PRO PORTION (BEI 4):
ca. 495 kcal, 9 g EW, 38 g F, 30 g KH

Das beschauliche Sausalito ist einer meiner Lieblingsorte in den USA. Man hat San Franciscos einzigartige Skyline im Blick und auf der Terrasse von Freunden sind wir schon mit köstlichem Essen verwöhnt worden, etwa diesem Salat.

1 Kirschtomaten waschen und halbieren. Salatblätter ablösen, waschen, trocken schleudern und grob hacken. Zwiebel schälen und fein würfeln. Avocado halbieren, vom Kern befreien, schälen, grob würfeln. Koriander abbrausen, trocken schütteln und die Blättchen fein hacken. Eventuell die Chilischote waschen und fein hacken. Alles in einer Schüssel vermengen.

2 Speck klein schneiden und in einer Pfanne bei mittlerer Hitze knusprig auslassen, auf Küchenpapier entfetten. Die Pfanne nicht säubern. Den Mais putzen und 5–7 Min. in ausreichend Wasser vorgaren. Mais aus dem Wasser nehmen, trocken tupfen und bei mittlerer Hitze im Speckfett von allen Seiten anbraten, bis der Mais zu bräunen beginnt. Aus der Pfanne nehmen und soweit abkühlen lassen, dass man ihn mit den Fingern halten kann. Kolben aufstellen, mit einem Messer die Körner vom Kolben schneiden und mit dem Speck in die Schüssel geben. Salat mit Limettensaft und Olivenöl anmachen, mit Salz und Pfeffer abschmecken. Sofort servieren!

FRIED RICE

FÜR 2 PERSONEN (MIT VIEL HUNGER)

1 Schalotte
2–3 Knoblauchzehen
1 Stück Ingwer (ca. 4 cm)
2–3 Frühlingszwiebeln
½ grüne Chilischote (nach Belieben)
100–150 g gebratene oder gekochte Hähnchenfleischreste (mit Haut)
3 Eier (M oder L)
2 EL Sojasauce (+ eventuell etwas mehr zum Abschmecken)
75 ml Erdnussöl
400–500 g gekochter Basmati-Reis (vom Vortag)
Meersalz
1–2 TL Sesamöl (am besten dunkles, geröstetes)

ZUM SERVIEREN

ein paar Limettenviertel
Sriracha-Sauce (thailändische scharfe Chilisauce)

ZUBEREITUNGSZEIT: 35 Min.
PRO PORTION:
ca. 1020 kcal, 39 g EW, 58 g F, 87 g KH

COMFORT FOOD

1 Schalotte und Knoblauch schälen und in dünne Ringe bzw. Scheiben schneiden. Ingwer schälen und fein würfeln. Frühlingszwiebeln waschen und putzen, weiße und hellgrüne Teile in feine Ringe schneiden. Eventuell Chili waschen und ebenfalls in feine Ringe schneiden. Hähnchenfleisch in 1–2 cm große Stücke schneiden. 1 Ei mit der Sojasauce verrühren.

2 »Reisgold« zubereiten: 3–4 EL Erdnussöl im Wok erhitzen. Schalottenringe und Ingwerstückchen bei geringer Hitze unter Rühren langsam andünsten. Sobald sie beginnen Farbe anzunehmen, die Knoblauchscheiben dazugeben. Alle drei Zutaten sollen nur goldgelb gebraten werden (in insgesamt 7–10 Min.), sonst schmecken sie bitter. Mit einem Schaumlöffel aus dem Wok nehmen und auf Küchenpapier entfetten.

3 Wenn nötig, noch ein wenig Erdnussöl in den Wok geben, die Temperatur erhöhen und die Hähnchenfleischstücke 3–4 Min. bei starker Hitze scharf anbraten, sie sollen leicht knusprig werden. Die Temperatur wieder reduzieren und die Frühlingszwiebeln und eventuell die Chiliringe bei mittlerer Hitze 2–3 Min. mitbraten. Den Reis dazugeben und unter Rühren in 2–3 Min. erwärmen und leicht anrösten.

4 Zwischendurch eine beschichtete Pfanne mit wenig Erdnussöl erhitzen. Darin aus den übrigen Eiern Spiegeleier braten – sie sind perfekt, wenn die Eigelbe beim Anrichten auf dem gebratenen Reis noch flüssig sind (das richtige Timing erfordert ein wenig Übung).

5 Die Sojasaucen-Ei-Mischung über dem Reis verteilen, gut durchmischen und kurz stocken lassen. Bei Bedarf mit Salz oder noch ein bisschen mehr Sojasauce abschmecken. Den Reis auf zwei Schalen verteilen und mit dem Sesamöl beträufeln, Spiegeleier darauf anrichten und mit dem »Reisgold« bestreuen. Mit Limettenvierteln und Sriracha-Sauce servieren.

TIPP Für das Fleisch können Sie Reste vom Brathähnchen nehmen und die ausgekochten Flügel, mit denen man Hühnerbrühe gekocht hat, aber nicht das zähe Suppenhuhn. Und: Abgesehen von Risotto-Resten lässt sich jeder Reis vom Vortag verwenden. Hat man keinen parat, »Reis vom Vortag« simulieren: Reis kochen und zum Auskühlen auf ein Blech geben.

Als Essen zum Mitnehmen bei uns noch in hässlichen Aluschalen »Modell Fressnapf« verpackt wurde, hatten die Amerikaner längst schmucke, asiatisch anmutende Take-away-Boxen, die in keiner US-Serie fehlen durften. Wahrscheinlich mit ein Grund, warum ich in den USA ein Faible für asiatisches Take-away entwickelt habe. Mittlerweile koche ich meinen heiß geliebten gebratenen Reis selbst, habe über die Jahre etliche Tipps und Tricks ausprobiert und dabei mein Lieblingsrezept gefunden. Neben den knusprig gebratenen Hähnchenstücken sind golden geschmorte Knoblauchscheibchen und Ingwerstückchen der Clou – eine Idee, die Jean-Georges Vongerichten (Chefkoch und erfolgreicher Restaurateur rund um den Globus) und Mark Bittman (NYT-Kolumnist) berühmt gemacht haben. Diese unwiderstehlichen Knusperstückchen heißen bei uns zu Hause »Reisgold« und sie wurden noch um karamellisierte Schalotten erweitert.

SOULFOOD

MAC 'N' CHEESE

Wer Kalorien fürchtet, liest ab hier besser nicht weiter. Mac 'n' Cheese (abgeleitet von »Macaroni & Cheese«) sind nun mal üppiges Soul Food und sollten bestimmt nicht jede Woche auf dem Speiseplan stehen. Aber wenn sie dann auf den Tisch kommen, dann sollten sie auch bis zur letzten Nudel so richtig genossen werden, ganz ohne schlechtes Gewissen. Eine große Schüssel Salat dazu erleichtert das immens!

FÜR 4 PERSONEN

500 g Butternut-Kürbis
300 g Makkaroni
Meersalz
2–3 Scheiben Weißbrot vom Vortag (ersatzweise 75–100 g Semmelbrösel)
80 g Butter
1 TL Garam masala
¾ l Milch
100 g geriebener Cheddar
50 g geriebener Bergkäse, Asiago oder Parmesan
2 geh. EL Mehl
½–1 TL Paprikapulver oder Cayennepfeffer
Worcestersauce
frisch gemahlener schwarzer Pfeffer

AUSSERDEM

Butter zum Fetten der Form

ZUBEREITUNGSZEIT: 1 Std.
GRATINIERZEIT: 10 Min.
PRO PORTION:
ca. 765 kcal, 27 g EW, 38 g F, 78 g KH

2

1 Den Backofen auf 200° vorheizen und ein Backblech mit Backpapier auslegen. Kürbis schälen, entkernen (es sollten jetzt 350–400 g Kürbisfleisch sein), in 1 cm dicke Scheiben schneiden und auf dem Blech verteilen. Im Ofen (Mitte) in 18–22 Min. weich garen.

2 Inzwischen Nudeln in Salzwasser gut bissfest kochen (etwas kürzer als auf der Packung angegeben, sie garen im Ofen noch ein wenig weiter), dann in ein Sieb abgießen. Weißbrot im Blitzhacker zu Bröseln zerkleinern. 40 g Butter mit Garam masala in einer Pfanne schmelzen, die Brösel darin kurz anrösten (Bild 1), wenig salzen. Auf Küchenpapier abkühlen lassen.

3 Den Kürbis mit ¼ l Milch in einen hohen Mixbecher geben und mit dem Pürierstab glatt mixen. Eine Auflaufform (ca. 18 × 30 cm) mit Butter einfetten, beide Käsesorten mischen. Die Ofentemperatur auf 220° erhöhen.

4 Übrige Butter in einem großen Topf bei mittlerer Hitze schmelzen. Mehl dazugeben, mit einem Schneebesen glatt rühren (Bild 2) und mit ¼ l Milch ablöschen. Unter Rühren andicken lassen, dann die übrige Milch zugießen. Zum Kochen bringen, vom Herd ziehen und gut zwei Drittel des Käses einrühren, bis er geschmolzen ist. Kürbispüree unterrühren und mit Paprika oder Cayennepfeffer, Worcestersauce, Salz und Pfeffer würzig-pikant abschmecken. Die Makkaroni zur Sauce geben und gut untermengen.

5 Nudeln in die Auflaufform füllen, mit dem übrigen Käse bestreuen und die Butterbrösel gleichmäßig darüber verteilen (Bild 3). Im Ofen (Mitte) in ca. 10 Min. goldbraun gratinieren. Wer mag, schaltet die Grillfunktion nach 5 Min. dazu – dann aber dabeibleiben, damit nichts verbrennt!

Ich reise nicht,
um an einen
anderen Ort
zu gelangen,
sondern um des
Reisens
willen.

ROBERT LOUIS STEVENSON

Garden of the Gods
LIQUOR

OFEN-LACHS
MIT SESAMSPINAT

FÜR 4 PERSONEN

FÜR DEN SPINAT

400–500 g Baby-Blattspinat
Meersalz
30 g weiße Sesamsamen
3–4 EL Sojasauce
1 EL Mirin (ersatzweise heller Reisessig)
1 EL weißer Zucker
2 TL Sesamöl (am besten dunkles, geröstetes)

FÜR DEN LACHS

4 Stücke Lachsfilet (je 150–200 g, ohne Haut)
1–2 Frühlingszwiebeln
1 Stück Ingwer (2–3 cm)
5 EL Sojasauce
2 EL Ahornsirup (ersatzweise Honig)
2 TL Mirin (ersatzweise heller Reisessig)
1 EL brauner Zucker (z. B. dunkler Muscovado)
½ TL 5-Gewürze-Pulver
Chiliflocken (nach Belieben)

ZUBEREITUNGSZEIT: 25 Min.
GARZEIT: 12 Min.
PRO PORTION:
ca. 590 kcal, 45 g EW, 35 g F, 23 g KH

1 Den Spinat verlesen, putzen und gründlich waschen. Spinat in einem großen Topf mit kochendem Salzwasser max. 1 Min. blanchieren, dann in ein Sieb abgießen, mit kaltem Wasser abschrecken und gut ausdrücken.

2 Die Sesamsamen in einer Pfanne trocken rösten, bis sie ein wenig Farbe angenommen haben und zu duften beginnen. 1–2 TL Sesam für die Dekoration aufheben, den Rest fein mörsern oder im Blitzhacker mahlen. Mit Sojasauce, Mirin und weißem Zucker verrühren (dabei eventuell ein wenig Wasser zufügen) und unter den Spinat mengen.

3 Den Backofen auf 200° vorheizen. Die Lachsfiletstücke waschen und trocken tupfen. Frühlingszwiebeln waschen, putzen und schräg in feine Ringe schneiden. Den Ingwer schälen und fein reiben (ca. 2 TL).

4 Sojasauce, Ahornsirup, Mirin, Ingwer, braunen Zucker, 5-Gewürze-Pulver und eventuell ein paar Chiliflocken in einem kleinen Topf verrühren und zum Kochen bringen. Sauce bei starker Hitze 1–2 Min. einkochen lassen (öfters umrühren, brennt leicht an!), bis sie dickflüssig und leicht zäh ist.

5 Den Lachs nebeneinander in eine hitzebeständige flache Form legen, großzügig mit der Sauce bepinseln und im Ofen (Mitte) 10–12 Min. garen. Der Lachs ist fertig, wenn er sich mit dem Finger leicht zerteilen lässt. Dann aus dem Ofen nehmen und mit einem Löffelrücken in mundgerechte Stücke zerdrücken.

6 Auf jeden Teller ein kleines Häufchen Sesamspinat setzen. Die Lachsstückchen daneben anrichten und mit dem zurückbehaltenen Sesam und den Zwiebelringen bestreuen. Den Spinat mit Sesamöl beträufeln.

Recherchiert man über das kleine kalifornische Carmel-by-the-Sea, dann erfährt man amüsante Nebensächlichkeiten, etwa dass Clint Eastwood in den 80er-Jahren hier Bürgermeister war. Es gibt viele gute Gründe, warum sich ein Stopp hier lohnt. Das beschauliche Städtchen unweit von Pebble Beach und Big Sur hat einen schier endlosen Strand, ebenso wie eines der beliebtesten japanischen Restaurants an der Küste. Das »Akaoni« wird als Geheimtipp gehandelt, definitiv wegen der dort verwendeten Fische von fantastischer Qualität, vielleicht aber auch wegen seines Understatements: Wir sind dreimal um den kleinen Häuserblock gelaufen, bis wir endlich den unscheinbaren Eingang entdeckt haben. Neben dem erstklassigen Sushi sind mir vor allem Goma-ae (Spinat mit Sesam) und der glasierte Lachs in guter Erinnerung geblieben.

CHICKEN WINGS
MIT BLUE CHEESE DIP

FÜR 2 PERSONEN (MIT VIEL HUNGER)

FÜR DIE CHICKEN WINGS

12 Hähnchenflügel (0,8–1 kg)
1 Zwiebel
2–3 Knoblauchzehen
1–2 EL Pflanzenöl
½ TL Ingwerpulver (auch fein: 1 TL frisch geriebener Ingwer)
½ TL Chipotlepulver (gemahlene geräucherte Jalapeños, gibt es in Online-Shops zu kaufen)
½ TL rosenscharfes Paprikapulver
¼ TL gemahlener Kreuzkümmel
2 EL brauner Zucker (z. B. dunkler Muscovado)
1 TL Tomatenmark
½ TL Meersalz
300 ml Malzbier
2 EL Sojasauce
2 EL Worcestersauce
2 EL Aprikosenkonfitüre oder Honig
1 EL gereifter, dickflüssiger Aceto balsamico

FÜR DEN DIP

125 g Blauschimmelkäse (z. B. Gorgonzola)
200 g Schmand oder Crème fraîche
2–3 EL Mayonnaise
1 EL Zitronensaft
frisch gemahlener schwarzer Pfeffer

ZUBEREITUNGSZEIT: 45 Min.
PRO PORTION: ca. 1630 kcal, 74 g EW, 119 g F, 65 g KH

1 Hähnchenflügel im Gelenk zerteilen (am einfachsten geht das mit einer Geflügelschere; oder das Gelenk mit den Händen gegen die Bewegungsrichtung brechen und dann mit einem Messer vollständig durchtrennen), dann waschen, um Knochensplitter zu entfernen, und trocken tupfen.

2 Backofen auf 200° vorheizen, ein Backblech mit Backpapier auslegen. Zwiebel und Knoblauch schälen und sehr fein würfeln. Öl in einem Topf erhitzen und darin die Zwiebelwürfel bei mittlerer Hitze glasig andünsten. Knoblauch, Ingwer, Chipotle, Paprika und Kreuzkümmel dazugeben und anrösten, bis die Gewürze duften. Zucker, Tomatenmark und Salz untermischen und ebenfalls 1–2 Min. anrösten. Mit Malzbier ablöschen, restliche Zutaten hinzufügen und die Sauce bei starker Hitze in 7–10 Min. auf etwa die Hälfte dickflüssig einkochen. Dabei regelmäßig umrühren, damit nichts anbrennt. Den Topf vom Herd nehmen.

3 Die Hähnchenstücke in den Topf geben und so lange mit der Sauce vermengen, bis sie gleichmäßig davon überzogen sind. Hähnchenstücke auf dem Blech verteilen und großzügig mit der übrigen Sauce einpinseln. Im Ofen (Mitte) in 20–25 Min. knusprig braun braten, dabei am besten die letzten 5 Min. noch Grill und Umluft dazuschalten (dann aber unbedingt dabei bleiben, damit nichts verbrennt!).

4 Während die Chicken Wings im Ofen sind, die Zutaten für den Dip in einen hohen Mixbecher geben und alles mit dem Pürierstab nicht zu fein mixen – der Dip muss nicht ganz glatt sein (die Amerikaner nennen diese Konsistenz »chunky«). Den Blue Cheese Dip großzügig mit Pfeffer abschmecken. Mit den heißen Chicken Wings servieren.

Nachdem Olivers Freunde Ji und Mischa uns zum Jahrtausendwechsel zu einer Silvesterparty in ihrem Lieblingslokal Eclipse di Luna in Atlanta überredet hatten, erlebten wir eine der skurrilsten Partys, auf der ich jemals war. Das Publikum war im Schnitt doppelt so alt wie wir, das Buffet ungenießbar und dazu gab es Musik, die deutsche Schlagerschmonzetten blass aussehen hätte lassen. Als dann um Mitternacht nicht mal der Millenium-Bug zuschlug, suchten wir schnell das Weite und trösteten Ji, der sich für diese Pleite verantwortlich fühlte. Ein kleines Café unweit vom Piedmont Park rettete schließlich die Nacht: Wir teilten uns eine riesige Platte mit traumhaft zarten Chicken Wings. Und schon war ich wieder mit dem neuen Jahrtausend versöhnt.

DURCH DIE USA

ROAD TRIP

Die Vereinigten Staaten sind wie gemacht dafür, sie mit dem Auto zu erkunden (breite Straßen, Tempolimit, relaxte Fahrweise). Es gibt fantastische und höchst abwechslungsreiche Landschaften zu entdecken (einfach mal nach »scenic roads« oder »byways« googlen). Hier meine Top 7:

Etwas Glück gehört dazu, aber im Herbst während des Indian Summers (Laubwälder färben sich leuchtend gelb/rot) durch **NEUENGLAND** oder Colorado zu fahren, ist atemberaubend. Ausprobieren: Muschelsuppe (clam chowder), Hummer (lobster).

Durch die verschiedene Nationalparks und über einzigartige Pässe quer durch die Rocky Mountains in **NEW MEXIKO** und **COLORADO** kurven. Der Red Mountain Pass (Million Dollar Highway) ist allerdings nichts für schwache Nerven – er gehört zu Recht zu den gefährlichsten Straßen der Welt. Ausprobieren: mexikanische Küche, Palisade-Pfirsiche, Bier.

Die endlosen Weiten von **NEVADA, ARIZONA** und **UTAH** durchquert man wegen des Grand Canyon oder Bryce Canyon, der Salzwüste, den Arches oder Monument Valley – die Liste lässt sich ewig fortführen. Leider herrscht oft auch kulinarisch ziemliches Ödland. Zufälliger Glücktreffer: BBQ am Rande eines Rodeos.

Die Südstaaten sind so malerisch, dass einem eine Fahrt von **ATLANTA** bis hinab nach **CHARLESTON** und **SAVANNAH** wie ein einziges großes Gemälde vorkommt, alte Kolonialbauten und lange Baumalleen mit spanischem Moos sorgen für das typische Südstaaten-Flair. Ausprobieren: Maisgrütze (grits), Maisbrot (cornbread), gebratene grüne Tomaten (fried green tomatoes).

Die Pazifikküste, vor allem der Highway No.1 in **KALIFORNIEN.** Metropolen wie **SAN FRANCISCO** und **LOS ANGELES,** spektakuläre Küsten, einmalige Lebensmittel auf den Farmers' Markets, dazu ein sehr entspanntes Lebensgefühl. Kalifornien muss man lieben! Ausprobieren: mexikanische Küche, Fisch, Meeresfrüchte.

Wer längere Zeit an einem Ort bleiben möchte, dem seien San Francisco und New York City ans Herz gelegt – zwei Großstädte, wie sie unterschiedlicher nicht sein könnten.

Das relaxte **SAN FRANCISCO** ist ein Mekka für Feinschmecker. Neben ein paar alten Favoriten (Frühstück bei »Tartine«, Quesadillas im »La Taqueria«, Eis bei »Humphry Slocombe«) gibt es stets viel Neues zu entdecken, etwa peruanische oder burmesische Küche. Für amerikanische Verhältnisse nur einen Steinwurf entfernt liegt **NAPA VALLEY,** berühmt für seine Winzer und immer noch Heimat eines der besten Restaurants der Welt. Ein Besuch in Thomas Kellers »The French Laundry« ist eine Investition (Tasting Menu ca. 300 $ pro Person, plus Wein und Steuer), aber einfach ein unvergessliches Erlebnis – was in unserem Fall allerdings zugleich an den anderen Gästen lag, die Soap-Qualitäten an den Tag legten.

Fürs hektische **NEW YORK** sollte man gut eine Woche einplanen. Und diese vollpacken mit Kultur, Shopping und gutem Essen. Quasi rund um die Uhr! Langweilig wird diese Stadt nie, egal wie oft man sie besucht (danach aber genügend Zeit zum Runterkommen einplanen). Immer wieder ein Muss: die Suche nach dem besten Burger und Dim Sum und der abgefahrensten »Hidden Bar«. Tipp: Manhattan ist toll, aber andere Viertel holen auf. In Brooklyn, Williamsburg oder Queens gibt es viel zu entdecken.

Ein Crumble, Crisp oder Cobbler mögen dem ein oder anderen noch geläufig sein, auch wenn es spätestens bei der genauen Abgrenzung hapert. Brown Betty, Pandowdy, Slump oder Buckle sind dagegen bei uns so gut wie unbekannt – und dabei meinen doch alle nur das eine: Eine »rustikale« gebackene Nachspeise aus Früchten und (Mürb-)Teig – wie geschaffen für einen größeren Familientisch und überaus praktisch, wenn es darum geht, einem Überangebot reifer Früchte Herr zu werden.

SCHOKO-PFLAUMEN-CRUMBLE

FÜR 4–6 PERSONEN

FÜR DIE STREUSEL
175 g Mehl (Type 550)
20 g feine Haferflocken
20 g gehackte Haselnüsse
½ TL Meersalz
25 g weißer Zucker
25 g brauner Zucker (z. B. dunkler Muscovado)
3 EL Kakaopulver
90 g sehr kalte Butter
3 EL kalte Sahne

FÜR DIE FRÜCHTE
600–700 g Pflaumen und/oder Zwetschgen
1 Handvoll Beeren (nach Belieben, frisch oder TK)
1 EL Speisestärke
50–60 g Vanillezucker
1–2 EL Rum oder Cognac
1 EL Zitronensaft

AUSSERDEM
Butter zum Fetten der Form

ZUBEREITUNGSZEIT: 20 Min.
BACKZEIT: 30 Min.
PRO PORTION (BEI 6):
ca. 435 kcal, 6 g EW, 18 g F, 57 g KH

1 Den Backofen auf 200° vorheizen. Eine Auflaufform (ca. 16 × 27 cm) mit Butter einfetten. Für die Streusel alle Zutaten bis auf Butter und Sahne in einer Schüssel gut vermischen. Dann die Butter in Würfeln dazugeben und mit den Fingern in die trockenen Zutaten reiben, bis alles erbsenfein zerbröselt ist. Nun die Sahne dazugeben und zügig unterkneten, bis grobe Streusel entstehen, in den Kühlschrank stellen. Für die Zubereitung in der Küchenmaschine mit Messereinsatz alle Zutaten bis auf Butter und Sahne in einer Küchenmaschine vermischen. Dann die Butter mit der Pulse-Funktion einarbeiten, bis feine Brösel entstanden sind. Zum Schluss noch die Sahne kurz untermixen, bis Streusel der gewünschte Größe entstanden sind, dann in den Kühlschrank stellen.

2 Die Pflaumen und/oder Zwetschgen waschen, halbieren, entsteinen und in dicke Spalten schneiden. Eventuell frische Beeren nur falls nötig abbrausen, tiefgekühlte Beeren nicht auftauen lassen.

3 Die Früchte in eine Schüssel geben. Die Speisestärke darübersieben, den Vanillezucker darüberstreuen, Rum oder Cognac und Zitronensaft zugeben und alles vermengen. Die Früchte 5 Min. Saft ziehen lassen.

4 Die Früchte in die Auflaufform füllen, die Streusel gleichmäßig darüber verteilen. Im Ofen (Mitte) 25–30 Min. backen, bis die Streusel knusprig sind. Den Crumble heiß, lauwarm oder kalt servieren, am besten mit Schlagsahne, Eiscreme oder Vanillesauce.

TIPP Eingefroren halten sich die Streusel übrigens problemlos mehrere Wochen. Und sie brauchen vor dem Backen nicht aufgetaut werden (oder nur so weit, dass sie sich voneinander lösen lassen). Am besten also gleich die doppelte Streuselmenge zubereiten!

ALL-AMERICAN CHEESECAKE

AUS DEM BIG APPLE

FÜR 1 SPRINGFORM (20–22 CM Ø, 12 STÜCKE)

FÜR DEN BODEN

160 g Butterkekse (besonders lecker: Kokos-Butterkekse)
¼ TL Meersalz
50 ml Kokosöl

FÜR DIE FÜLLUNG

1 Vanilleschote
500 g Doppelrahm-Frischkäse
200 g Schmand
200 g Zucker
1 EL Zitronensaft
3 Eier (L)
2 EL Speisestärke

ZUM SERVIEREN

1 Handvoll Erdbeeren (nach Belieben)

AUSSERDEM

Kokosöl zum Fetten der Form

ZUBEREITUNGSZEIT: 20 Min.
BACKZEIT: 1 Std. 50 Min.
KÜHLZEIT: 6 Std.
PRO STÜCK:
ca. 340 kcal, 6 g EW, 22 g F, 30 g KH

1 Den Backofen auf 150° vorheizen. Den Boden der Springform mit Backpapier auslegen, den Formrand ganz leicht einölen und ebenfalls mit einem Streifen Backpapier auskleiden (so sieht später der Rand des Cheesecakes perfekt aus).

2 Für den Boden die Butterkekse mit dem Salz in einem Blitzhacker fein mahlen. Kokosöl in einem kleinen Topf schmelzen, über die Keksbrösel gießen und untermixen. Die Bröselmischung in die vorbereitete Springform geben und mit den Fingern zu einem gleichmäßig dicken Boden drücken. Dabei nach Belieben einen kleinen Rand von 2–3 cm formen.

3 Für die Füllung Vanilleschote der Länge nach aufschneiden, das Mark herauskratzen und in eine große Schüssel geben. Frischkäse, Schmand, Zucker und Zitronensaft dazugeben und mit den Quirlen des Handrührgeräts glatt rühren. Die Eier dazugeben und unterrühren. Zuletzt noch die Speisestärke über die Creme sieben und nur kurz untermixen (die Zutaten für die Füllung sollen zwar gleichmäßig vermengt, aber nicht luftig aufgeschlagen werden, sonst bilden sich beim Backen Luftblasen).

4 Die Füllung auf den Keksboden gießen. Die Form ein paar Mal kurz, aber kräftig auf die Arbeitsfläche stoßen, damit sich eventuell vorhandene Luftblasen in der Füllung auflösen. Im Ofen (Mitte) 45–50 Min. backen. Tippt man jetzt gegen die Form, dann darf der Kuchen in der Mitte noch ein wenig wackeln. Backofen ausschalten, den Kuchen aber noch 1 Std. im minimal geöffneten Ofen (Kochlöffel einklemmen) nachbacken und abkühlen lassen – so bekommt der Kuchen keine Risse.

5 Cheesecake aus dem Ofen nehmen und vollständig auskühlen lassen. Dann abgedeckt in den Kühlschrank stellen, bis er durch und durch kalt ist. Das dauert mindestens 6 Std. Den gut gekühlten Cheesecake einfach pur essen oder aber – ganz klassisch – mit leicht gezuckerten Erdbeeren.

Auch wenn ich mit den wunderbaren Quarkkäsekuchen meiner Großmutter Luise und meiner Tante Kate groß geworden bin, gegen einen echten amerikanischen Cheesecake mit ordentlich Frischkäse würden sie trotzdem verlieren. Zu sehr liebe ich dessen Kekskrümelboden und seine einzigartig cremige Konsistenz. Mit Kokoskeksen und Kokosöl erhält mein Geheimrezept zudem einen tollen Twist. Und das schmeckt nicht nur Kokosfans!

COLINAS DE LISBOA
CIRCUITO TURÍSTICO

PORTUGAL

Brunch-Hit **versunkene Eier mit Chorizo,** ich packe meinen Koffer: Tipps für **Mitbringsel,** blitzschnelle **Brösel-Sardinen,** edles **Thunfischtatar,** würzig-scharfer **Bohnensalat,** aromatischer **Kartoffelsalat mit grünen Bohnen,** Klassiker **Bolinhos de Bacalhau,** extrasanft geschmortes **Paprikahuhn Casa do Alentejo,** typisch portugiesischer **Fischeintopf mit Kichererbsen,** ein Besuch im **Casa Triste,** unglaublich raffiniertes **Feigen-Krokant-Parfait,** einfacher **Kochlöffelkuchen.**

VERSUNKENE EIER MIT CHORIZO

FÜR 4 PERSONEN
3 gelbe Paprikaschoten
2 rote Zwiebeln
75–100 g Chorizo
2 Knoblauchzehen
½–1 Chilischote
1 Dose geschälte Tomaten (800 g Inhalt)
2 EL Olivenöl
1 EL Butter
1 TL geräuchertes Paprikapulver (gibt es in Online-Shops zu kaufen)
1 TL gemahlener Kreuzkümmel
Meersalz
frisch gemahlener schwarzer Pfeffer
½ Bund Dill
80 g Ziegenfrischkäse
8 Eier (M oder L)

ZUBEREITUNGSZEIT: 50 Min.
PRO PORTION:
ca. 435 kcal, 25 g EW, 32 g F, 11 g KH

1 Den Backofen auf 220° vorheizen, Backblech mit Backpapier auslegen. Die Paprikaschoten vierteln, putzen, waschen und mit der Hautseite nach oben auf dem Blech verteilen. Die Schotenviertel im Ofen (oberes Drittel) so lange rösten, bis die Haut schwarz wird und Blasen wirft. Das dauert 15–20 Min., mit zugeschalteter Grillfunktion geht es schneller. Dann die Paprika sofort in eine verschließbare Plastikbox geben, abkühlen lassen und die Haut vollständig abziehen (das lässt sich auch am Vortag schon vorbereiten). Die Paprikaviertel in breite Streifen schneiden.

2 Die Zwiebeln schälen und in dünne Spalten schneiden. Die Chorizo längs halbieren und in dünne Scheiben schneiden. Knoblauch schälen und in feine Scheiben schneiden. Chili waschen und in dünne Ringe schneiden. Die Tomaten aus der Dose nehmen und grob hacken, dabei die Stielansätze entfernen. Den Saft aufbewahren.

3 Öl und Butter in einer großen, tiefen Pfanne oder in einem weiten Topf erhitzen. Zwiebeln und Chorizo darin gut anbraten (mindestens 5 Min.), bis die Zwiebeln zu bräunen beginnen. Die Paprikastreifen und Chili dazugeben, mit Paprikapulver und Kreuzkümmel bestäuben und kurz weiterbraten, bis die Gewürze duften. Knoblauch und Tomaten samt dem Saft untermischen und alles 8–10 Min. bei mittlerer Hitze köcheln lassen, dann salzen und pfeffern. Dill abbrausen, trocken schütteln und fein hacken.

4 Käse zerkrümeln, auf der Sauce verteilen. Mit einem Esslöffel acht Vertiefungen in die Sauce drücken und je 1 Ei hineingleiten lassen. Zugedeckt je nach gewünschtem Gargrad der Eier weitere 8–10 Min. sanft köcheln lassen. Das Shakshuka ist perfekt, wenn die Eiweiße gestockt, die Eigelbe aber noch etwas flüssig sind und sich auf dem Teller mit der Sauce verbinden. Mit Dill bestreuen. Aus der Pfanne servieren, mit Brot genießen.

TIPP Entgegen der klassischen Version, die meist mit Koriandergrün und/oder Petersilie gewürzt wird, gebe ich frischem Dill den Vorzug. Weil die versunkenen Eier damit noch besser schmecken!

Die Küche des Mittleren Ostens hat in den letzten Jahren einen unheimlichen Boom erlebt – Claudia Roden und Yotam Ottolenghi sei Dank. Eines der populärsten Gerichte sind in würziger Tomatensauce pochierte Eier, genannt Shakshuka. Da diese Speise aber zugleich auch tunesische Wurzeln hat, ist es nicht verwunderlich, dass es im nahe gelegenen Portugal eine Version des Gerichts mit ofengerösteten Paprikaschoten, cremigem Ziegenfrischkäse und feurig-scharfer Chorizo gibt, die nicht nur in der Früh sondern auch als leichtes Abendessen schmeckt.

ICH PACKE MEINEN KOFFER

Ohne lokale Schlemmereien bin ich noch aus keinem Urlaub zurückgekehrt, egal wie sehr ich es mir vorgenommen hatte. Die kulinarische Seite Portugals wird oft noch unterschätzt, denn auch wenn die Küche eher bodenständig und einfach ist, so lassen sich wahre Schätze entdecken.

DAS FRÜHSTÜCK

Wie in Italien wird das Frühstück am Morgen gerne im Stehen am Tresen von Bar oder Café eingenommen. Oft gibt es eine **TORRADA** (besonders dicker, gebutterter Toast) und einen **ESPRESSO**, der in Portugal – je nachdem in welchem Teil des Landes man sich befindet – meist mit den Worten »uma bica«, »um café« oder »um cimbalino« bestellt wird.

FISCH & MEERESFRÜCHTE

Unbedingt probieren sollte man in Portugal von den zahlreichen Gerichten mit Fisch und Meeresfrüchten. Zu empfehlen sind gegrillte Sardinen, die unzähligen **BACALHAU**-Zubereitungen (getrockneter Kabeljau, auch sehr gut als Mitbringsel) oder der traditionelle Eintopf **CATAPLANA,** welcher in einem speziellen Kochgeschirr gegart wird.

FLEISCH & WURST

Wer der Fleischeslust frönen will, der wird mit **CHOURIÇO** (die portugiesische Form der vor allem aus Spanien bekannten scharfen Paprikawurst) und **MORCELA** (Blutwurst) sein Glück finden.

SÜSSES

Naschwerk, Kuchen und Desserts sind meist sehr süß, besonders wenn sie traditionell mit extra viel Eigelb und Zucker zubereitet wurden. Wahre Klassiker sind **PASTÉIS DE NATA** oder auch **PASTÉIS DE BELÉM,** kleine Törtchen aus blättrigem Teig, gefüllt mit einer leicht angebrannten Puddingcreme. Oder ein Äquivalent zur Crème caramel, **PUDIM FLAN.** Reis ist ebenfalls ein großes Thema, ob als Reispudding **ARROZ DOCE** oder in Form von Reismehl in kleinen Kuchen namens **BOLOS DE ARROZ.**

KERAMIK

Es lohnt sich, mit etwas Luftpolsterfolie im Koffer anzureisen, so lässt sich selbst empfindliches Keramikgeschirr wohlbehalten zurück nach Hause transportieren. Bei der großen Auswahl an handbemaltem Geschirr kann wohl niemand wiederstehen. Vor allem die kleinen Schälchen für Tapas und Oliven sind ein schönes Mitbringsel. Meine Lieblingsschälchen habe ich vor über zehn Jahren in Cascais am Aussichtspunkt Boca do Inferno gekauft und sie sind immer noch intakt.

DIVERSE LECKEREIEN

Oder man verbringt einen halben Tag mit der Verkostung von Likören, Weinen und vor allem **PORTWEINEN** (rot und weiß) – die nur wenig mit den typischen Kochweinen, die man bei uns im Supermarkt bekommt, gemein haben –, dann füllt sich der Koffer quasi von selbst. Als Mitbringsel kommen außerdem noch **OLIVENPRODUKTE** (Öl, Oliven, Schneidbretter aus Olivenholz), **FLOR DE SAL**, scharfe **PIRI-PIRI-SCHOTEN** und Gewürze (wie Paprikapulver, Pfeffer), **HONIG** und **QUITTENKONFITÜRE** gut an. Auf den Lebensmittelmärkten bekommt man sehr vieles davon auch von kleinen, lokalen Produzenten.

BITTE BEACHTEN

Schon vor der Reise die aktuellen Zollbestimmungen nachlesen (siehe www.zoll.de)!

Ein Urlaub am Meer ohne frisch gefangenen, gegrillten Fisch kann ich mir kaum vorstellen. Nirgendwo sonst ist Fisch so lecker!. Meine besondere Schwäche gilt den kleinen Sardinen, die übrigens samt Innereien und Gräten gebraten und verzehrt werden können – allerdings mag das nicht jeder. Ein guter Fischhändler nimmt sie auf Vorbestellung aber für einen aus.

BRÖSEL-SARDINEN

FÜR 4 PERSONEN (ALS APPETIZER)

FÜR DIE BRÖSEL

40 g Weißbrot vom Vortag
2 Zweige Thymian
1 Knoblauchzehe
2–3 EL Olivenöl
1 TL geräuchertes Paprikapulver (gibt es in Online-Shops zu kaufen)
½ TL gemahlener Kreuzkümmel
Meersalz
frisch gemahlener schwarzer Pfeffer

FÜR DIE SARDINEN

100 g Mehl
12 kleine Sardinen (filetiert)
Salz
frisch gemahlener schwarzer Pfeffer
reichlich Olivenöl zum Braten

ZUM SERVIEREN

einige Limetten- oder Zitronenspalten

ZUBEREITUNGSZEIT: 20 Min.
PRO PORTION:
ca. 205 kcal, 6 g EW, 10 g F, 23 g KH

1 Zuerst die Brösel zubereiten: Dazu das Weißbrot grob zerkleinern und im Blitzhacker zu sehr feinen Bröseln mahlen. Thymian abbrausen, trocken schütteln und die Blättchen abzupfen. Knoblauch schälen und andrücken.

2 Knoblauch mit dem Olivenöl in einer Pfanne erhitzen. Paprika, Kreuzkümmel, Salz, Pfeffer und Thymian dazugeben und kurz durchschwenken. Die Brösel gründlich untermischen. Alles so lange bei mittlerer Hitze anrösten, bis die Brösel goldbraun und knusprig sind. Dann bis zur weiteren Verwendung auf einem Stück Küchenpapier ausstreuen, damit das überschüssige Öl aufgesogen wird.

3 Jetzt die Fische vorbereiten: Das Mehl in eine flache Schale füllen. Die Sardinenfilets waschen und mit Küchenpapier trocken tupfen. Die Filets von beiden Seiten salzen, pfeffern und abschließend sorgfältig in Mehl wenden. Überschüssiges Mehl abklopfen.

4 Olivenöl ca. ½ cm hoch in eine große Pfanne füllen und erhitzen. Darin die Sardinenfilets je Seite ca. 1 Min. braten (sollten die Filets ein wenig dicker sein, noch ein bisschen länger braten). Sardinen aus der Pfanne nehmen, kurz auf Küchenpapier entfetten und auf einer Platte oder kleinen Tapas-Tellerchen anrichten. Großzügig mit den Bröseln bestreuen. Mit Limetten- oder Zitronenspalten servieren.

TIPP Mit ein wenig Übung kann man Sardinen auch selbst filetieren. Dazu die Bauch- und Rückenflossen abschneiden. Kopf mit den Fingern abtrennen, dabei die Eingeweide soweit wie möglich mit herausziehen. Die Sardine auf den Rücken legen, mit dem Finger von innen am Rückgrat entlang Richtung Schwanz fahren und dabei den Bauch öffnen. Rückengräte behutsam entfernen, aber die Schwanzflosse dran lassen, da sonst die beiden Filets leicht auseinanderfallen. Sardinenfilets waschen und mit Küchenpapier trocken tupfen.

THUNFISCHTATAR

FÜR 4 PERSONEN (ALS VORSPEISE)

FÜR DIE MAYONNAISE
- 1 Stück Ingwer (2–3 cm)
- 1 ganz frisches Ei (M oder L)
- 1 TL mittelscharfer Senf
- 1 EL Zitronensaft oder Weißweinessig
- Meersalz
- frisch gemahlener schwarzer Pfeffer
- ¼ l Sonnenblumenöl

FÜR DAS TATAR
- 1–2 Schalotten
- 1 Bio-Limette
- 250 g Thunfisch (in Sushi-Qualität)
- 1 große vollreife Mango
- 1–2 vollreife Hass-Avocados
- Meersalz
- frisch gemahlener schwarzer Pfeffer
- 2 EL Olivenöl
- 2 TL dunkles, geröstetes Sesamöl
- Fleur de Sel
- 1 Handvoll Sprossen (z. B. Alfalfa- oder Radieschensprossen, nach Belieben)

AUSSERDEM
- 4 Dessertringe (7–8 cm Ø)

ZUBEREITUNGSZEIT: 20 Min.
PRO PORTION:
ca. 910 kcal, 13 g EW, 91 g F, 9 g KH

1 Zuerst die Mayonnaise zubereiten. Ganz wichtig: Alle Zutaten rechtzeitig bereitstellen, damit sie beim Verarbeiten Raumtemperatur haben. Den Ingwer schälen und fein reiben.

2 Ei, Senf, Zitronensaft oder Essig, Salz und Pfeffer in einen schmalen, hohen Mixbecher (gerade breit genug für den Pürierstab) geben, mit dem Öl aufgießen. Pürierstab so in den Becher halten, dass er das Ei möglichst komplett umschließt. Bei mittlerer bis hoher Geschwindigkeit zu mixen beginnen, bis sich die Zutaten am Boden zu einer Emulsion verbinden und diese seitlich unter dem Pürierstab hervorquillt. Erst dann den Stab ganz langsam (!) nach oben bewegen, bis alles Öl gebunden wurde. Bewegt man den Stab zu früh und zu schnell nach oben, funktioniert diese Methode nicht! Ingwer mit einem Löffel unterrühren, Mayonnaise kalt stellen.

3 Jetzt das Tatar zubereiten: Schalotte(n) schälen und sehr fein würfeln. Limette heiß abwaschen und abtrocknen, die Hälfte der Schale fein abreiben und den Saft auspressen. Thunfisch in knapp 1 cm große Würfel schneiden (friert man das Filet vorher kurz an, geht dies leichter). Mango schälen und das Fruchtfleisch vom Kern schneiden. Avocado halbieren, entkernen und schälen, beides ebenfalls knapp 1 cm groß würfeln.

4 Jeweils in separaten Schälchen die Avocado mit den Schalottenwürfeln vermengen und mit Salz abschmecken. Die Mango mit Limettenschale und -saft abschmecken und den Thunfisch mit Pfeffer und Olivenöl.

5 Auf jeden Teller einen Dessertring setzen. Zuerst die Avocado einfüllen und behutsam flach drücken, dann die Mango und zuletzt den Thunfisch. Ringe vorsichtig abziehen und den Thunfisch mit ein paar Tropfen Sesamöl, etwas Fleur de Sel und eventuell einigen Sprossen garnieren. Ingwer-Mayonnaise dazu reichen.

TIPPS Unbedingt der Versuchung widerstehen, Limettensaft auch an den Thunfisch zu geben. Er beginnt sonst zu »garen« und wird grau.
Und: Diese Vorspeise lässt sich mit frischen Kräutern (etwa Koriandergrün) weiter variieren. Sind allerdings die Hauptzutaten von allerbester Qualität, ist wie oft weniger mehr.

Fisch schmeckt am besten, wenn man das Meer sehen und eine salzige Brise spüren kann. Darum esse ich zu Hause relativ wenig davon. Ein Urlaub an der Küste bewirkt das Gegenteil, die große Auswahl an fangfrischem Fisch macht Lust auf mehr, und er darf gern bei jeder Mahlzeit vertreten sein. So viel ausgezeichneten Fisch wie an der Algarve habe ich selten genossen. Vor allem die Sushi-Lokale in Faro sind mir in bester Erinnerung geblieben und waren Inspiration für diese köstliche Vorspeise. Da Thunfisch zu den bedrohten Fischarten gehört, sehe ich ihn als eine besondere Delikatesse an und kaufe ihn selten, sowie ausschließlich aus nachhaltiger Fischerei.

BOHNENSALAT
WÜRZIG-SCHARF

FÜR 4 PERSONEN
2 Dosen Cannellini-Bohnen
(je 240 g Abtropfgewicht)
300 g Kirschtomaten
1 große rote Zwiebel
½ Bund Petersilie
100 g Chorizo
5–6 EL Olivenöl
1 TL geräuchertes Paprikapulver
(gibt es in Online-Shops zu kaufen)
4 EL Weißweinessig
Meersalz
frisch gemahlener schwarzer Pfeffer

ZUBEREITUNGSZEIT: 20 Min.
PRO PORTION:
ca. 330 kcal, 12 g EW, 24 g F, 15 g KH

Chorizo, die scharfe und mit ordentlich Knoblauch angereicherte Paprikawurst, ist nicht nur in Spanien, sondern auch in Portugal (hier wird sie Chouriço geschrieben) zu Recht sehr beliebt. Ihr Geschmack kommt erst richtig zur Geltung, wenn sie in ein wenig Olivenöl angebraten wird. Das Öl schmeckt danach fantastisch: Entweder mit Brot auftunken oder für ein Salatdressing verwenden – wie bei diesem Bohnensalat.

1 Die Bohnen in einem Sieb abbrausen, gut abtropfen lassen und in eine Schüssel geben. Die Tomaten waschen und vierteln. Die Zwiebel schälen, halbieren und in feine Scheiben schneiden. Petersilie abbrausen, trocken schütteln und die Blätter fein hacken. Alles mit den Bohnen vermengen.

2 Die Chorizo in ½ cm große Würfel scheiden. 3–4 EL Olivenöl in einer Pfanne erhitzen. Darin die Chorizowürfel bei mittlerer Hitze 4–6 Min. anbraten. Mit einem Schaumlöffel herausnehmen, über dem Salat verteilen.

3 Das Paprikapulver ins verbleibende Chorizo-Öl rühren, dann Essig und übriges Olivenöl unterrühren, mit Salz und Pfeffer abschmecken. Mit der Sauce den Salat anmachen.

GO GREEN!

KARTOFFELSALAT
MIT GRÜNEN BOHNEN

FÜR 4–6 PERSONEN
600 g festkochende Kartoffeln (z. B. Sieglinde)
250 g grüne Bohnen
Meersalz
1 rote Zwiebel
½ Bund Koriandergrün
½ Bund Petersilie
50 g Mandeln (mit Haut)
¼–½ grüne Chilischote
1 Knoblauchzehe
6 EL Olivenöl
3–4 EL Weißweinessig
frisch gemahlener schwarzer Pfeffer

ZUBEREITUNGSZEIT: 30 Min.
DÄMPFZEIT: 40 Min.
PRO PORTION (BEI 6):
ca. 210 kcal, 4 g EW, 15 g F, 15 g KH

In Deutschland gibt es bestimmt keinen Mangel an guten Kartoffelsalatrezepten, auch wenn man sich vortrefflich darüber streiten kann, ob der deutsche Salat Mayonnaise braucht oder nicht. Deshalb ist es wahrscheinlich meiner unerschütterlichen Liebe zur Kartoffel geschuldet, dass ich trotzdem in jeder Länderküche ein ebenbürtig gutes Kartoffelsalatrezept suche. Die portugiesische Version ist meiner Meinung nach ein echter Knaller!

1 Kartoffeln waschen und im Dämpfeinsatz je nach Größe 25–40 Min. garen. Gleitet ein spitzes Messer ohne Widerstand hinein, sind sie gar. Siebeinsatz herausheben und Kartoffeln kurz ausdampfen lassen, dann pellen. Kartoffeln völlig auskühlen lassen, in Scheiben schneiden und in eine Schüssel geben (sie lassen sich auch schon am Vortag zubereiten).

2 Bohnen waschen und die Enden abschneiden. Wasser in einem Topf aufkochen, gut salzen und die Bohnen darin 10–12 Min. kochen. In ein Sieb abgießen, kalt abschrecken (erhält die Farbe), halbieren und zu den Kartoffelscheiben geben. Zwiebel schälen, fein würfeln und dazugeben.

3 Inzwischen Kräuter abbrausen und trocken schütteln, Blätter abzupfen und mit den Mandeln in einen Blitzhacker geben. Chili waschen und grob hacken, Knoblauch schälen und fein hacken, beides ebenfalls in den Blitzhacker geben. Alles zu einer feinen Paste verarbeiten und mit Olivenöl und Weißweinessig unter den Salat mischen. Mit Salz und Pfeffer pikant abschmecken, eventuell vorm Servieren noch mal nachwürzen.

BOLINHOS DE BACALHAU

Es heißt, die Portugiesen kennen 365 unterschiedliche Rezepte mit Bacalhau (getrockneter Kabeljau) – nämlich eines für jeden Tag. Diese Kartoffel-Fisch-Bällchen sind meine Lieblingsvariante, da sie auch kalt schmecken und sich perfekt als Fingerfood eignen. Wichtig dafür: Den Stockfisch, also den getrockneten Kabeljau, mindestens 1–2 Tage wässern. Dazu den Fisch unter fließendem Wasser abspülen und in ein großes Gefäß mit Deckel und ausreichend kaltem Wasser legen (er nimmt an Volumen zu), das drei-, viermal täglich gewechselt werden muss. Während des Wässerns im Kühlschrank aufbewahren.

FÜR CA. 15 BOLINHOS

400 g mehligkochende Kartoffeln
2 Lorbeerblätter
200 g getrockneten Stockfisch (gibt es beim guten Fischhändler zu kaufen, den Fisch vor der Verwendung gut wässern, siehe rechts)
2 Schalotten
1 Knoblauchzehe
3–4 Stängel Petersilie
1 EL Olivenöl
1 Eigelb (M oder L)
frisch geriebene Muskatnuss
frisch gemahlener schwarzer Pfeffer
Meersalz
1 l Pflanzenöl zum Frittieren

ZUM SERVIEREN

einige Limetten- oder Zitronenspalten

ZUBEREITUNGSZEIT: 35 Min.
DÄMPFZEIT: 40 Min.
PRO STÜCK:
ca. 65 kcal, 8 g EW, 2 g F, 3 g KH

1 Kartoffeln waschen und mit den Lorbeerblättern in einem Dämpfeinsatz verteilen. Den Fisch waschen und auf die Kartoffeln legen (Bild 1). In den Dämpftopf so viel Wasser füllen, dass es später den Einsatz nicht berührt, und zum Kochen bringen. Dämpfeinsatz in den Topf stellen, Deckel auflegen und Kartoffeln sowie Fisch 25–40 Min. (je nach Kartoffelgröße) garen. Bereits nach 15 Min. testen, ob der Fisch fertig ist – er lässt sich dann auf Fingerdruck zerteilen –, herausnehmen und abkühlen lassen.

2 Die Schalotten und den Knoblauch schälen und fein würfeln. Die Petersilie abbrausen, trocken schütteln und fein hacken. Das Olivenöl in einer Pfanne erhitzen. Darin Schalotten und Knoblauch bei mittlerer Hitze goldgelb andünsten, dann in eine große Schüssel geben.

3 Die Kartoffeln noch heiß pellen, durch eine Kartoffelpresse drücken und in die Schüssel geben. Den Fisch falls nötig häuten und am besten mit den Fingern (so lassen sich gegebenenfalls selbst kleine Gräten gut aufspüren und entfernen) fein zerzupfen (Bild 2). Mit der Petersilie und dem Eigelb ebenfalls in die Schüssel geben. Mit Muskat und Pfeffer würzen und mit einer Gabel zu einer gleichmäßigen Masse verarbeiten, abschmecken und eventuell nachsalzen (Stockfisch ist selbst nach ausdauerndem Wässern oft noch salzig genug, um die Kartoffelmasse zu würzen).

4 Pflanzenöl in einem großen, weiten Topf auf 160–170° erhitzen. Von der Kartoffelmasse mit zwei Esslöffeln kleine Nocken abstechen (Bild 3) und im heißen Fett in 3–5 Min. goldbraun frittieren. Mit dem Schaumlöffel herausnehmen und auf Küchenpapier entfetten. Die Bällchen heiß oder kalt verspeisen, dabei Limetten- oder Zitronensaft darüberträufeln.

Restaurante ◆ Marisq
" Vale do

EINE REISE IST EIN TRUNK AUS DER QUELLE DES LEBENS.

CHRISTIAN FRIEDRICH HEBBEL

PAPRIKAHUHN
CASA DO ALENTEJO

ZART UND SUPERSAFTIG

FÜR 4 PERSONEN
1 Bio-Zitrone
4 Knoblauchzehen
4 Zweige Thymian (nach Belieben)
2 EL Harissa
3 EL Paprikamark (gibt es im türkischen Feinkostladen, ersatzweise Tomatenmark)
2–3 EL Olivenöl
5–6 entbeinte Hähnchenkeulen (900–1000 g, mit Haut)
Meersalz
frisch gemahlener schwarzer Pfeffer
2 Dosen Cannellini-Bohnen (je 240 g Abtropfgewicht)
¼ l Hühnerbrühe
½ TL Safranfäden
4 EL Butter
125 g Kirschtomaten
1 TL geräuchertes Paprikapulver (gibt es in Online-Shops zu kaufen)
1 TL Honig

ZUBEREITUNGSZEIT: 25 Min.
KÜHLZEIT: 1 Std.
BRATZEIT: 30 Min.
PRO PORTION:
ca. 655 kcal, 55 g EW, 39 g F, 18 g KH

1 Zitrone heiß waschen, abtrocken und die Schale fein (ohne das Weiße) abreiben. Knoblauch schälen und fein reiben oder durchpressen. Eventuell Thymian waschen, trocken schütteln, Blättchen abstreifen und fein hacken. Alles mit Harissa, Paprikamark und Olivenöl in eine große Schüssel geben und zu einer Würzpaste verrühren.

2 Die Hähnchenkeulen waschen, trocken tupfen und in je zwei gleich große Teile schneiden, dann salzen und pfeffern. Die Hähnchenstücke ebenfalls in die Schüssel geben und – am besten mit den Händen – mit der Würzpaste vermengen, bis alle Stücke gleichmäßig überzogen sind. Abgedeckt für mindestens 1 Std. in den Kühlschrank stellen.

3 Dann die Hähnchenstücke aus dem Kühlschrank nehmen. Backofen auf 200° vorheizen. Die Bohnen in einem Sieb abbrausen, abtropfen lassen und in eine große Auflaufform geben. Hühnerbrühe mit den Safranfäden zum Kochen bringen, vom Herd nehmen und 2 EL Butter darin schmelzen. Brühe über die Bohnen gießen, die Hähnchenstücke mit der Haut nach oben auf die Bohnen legen. Die Kirschtomaten waschen, halbieren und mit den Schnittflächen nach oben zwischen die Hähnchenstücke setzen.

4 Die Hähnchenstücke noch mal mit Salz und Pfeffer sowie dem Paprikapulver bestreuen, dann im Ofen (Mitte) 20 Min. braten.

5 Übrige Butter mit dem Honig schmelzen und die Hähnchenstücke damit einpinseln. Die Ofentemperatur auf 220° erhöhen sowie Grill und Umluft zuschalten. Hähnchen unter Aufsicht 5–10 Min. weiterbraten, bis die Haut ein wenig kross – aber nicht zu dunkel – ist, und servieren.

TIPP Wer statt der Dosenbohnen lieber getrocknete Cannellini-Bohnen (ca. 200 g) verwenden möchte, weicht diese über Nacht in reichlich Wasser ein. Am nächsten Tag die Bohnen in einem Sieb abbrausen, dann in einem Topf großzügig mit frischem Wasser bedecken und in 45 Min.–1 ¼ Std. weich kochen (je nach Alter der Bohnen). Erst nach dem Kochen salzen.

Die Kaffeehäuser in Lissabon hatten es mir seit meiner ersten Portugalreise angetan, und so landeten wir jedes Mal, wenn wir wieder in der Stadt waren, entweder im »Café a Brasileira« oder im »Café Versailles«. Einmal kamen wir mit einem jungen portugiesischen Paar ins Gespräch und ich zückte mein Notizbüchlein, um all ihre Tipps zu notieren. Schon für unser nächstes Mittagessen nahmen wir sie beim Wort und suchten nach dem unscheinbaren Eingang des »Casa do Alentejo«. Im Inneren erwartete uns ein idyllischer Innenhof, umgeben von einem ehemaligen Palastgebäude, das die vielfältigsten Räumlichkeiten beherbergte: Eine blau-weiß geflieste Tapas-Bar lud ebenso zum Entdecken ein wie ein pompöser Ballsaal mit monströsen Kronleuchtern. Aber auch das bodenständige Essen dort ist uns in guter Erinnerung geblieben, ganz besonders eine Art Piri-Piri-Hühnchen auf Bohnengemüse.

FISCHEINTOPF MIT KICHERERBSEN

FÜR 4 PERSONEN
1 Zwiebel
2 Knoblauchzehen
1 Möhre
1 Dose Kichererbsen (240 g Abtropfgewicht)
2–3 EL Olivenöl
½ TL Zimtpulver
1 TL geräuchertes Paprikapulver (gibt es in Online-Shops zu kaufen)
1 TL gemahlener Kreuzkümmel
1 Lorbeerblatt
1 Dose geschälte Tomaten (400 g Inhalt)
600 ml Fischfond (ersatzweise Gemüsefond)
1–2 TL Zucker
Meersalz
frisch gemahlener schwarzer Pfeffer
1 Handvoll Baby-Blattspinat
300 g festes weißes Fischfilet (z. B. Kabeljaufilet, Steinbeißer)
½ Bund Koriandergrün

ZUBEREITUNGSZEIT: 40 Min.
PRO PORTION:
ca. 210 kcal, 19 g EW, 9 g F, 14 g KH

1 Die Zwiebel schälen, längs halbieren und in dünne Spalten schneiden. Knoblauch schälen und in feine Scheiben schneiden. Die Möhre waschen, putzen und nicht zu grob würfeln. Kichererbsen in einem Sieb abbrausen.

2 Das Olivenöl in einem großen Topf erhitzen. Zwiebel, Knoblauch und Möhre dazugeben, mit Zimt, Paprika und Kreuzkümmel bestäuben und bei mittlerer Hitze rösten, bis die Gewürze zu duften beginnen. Dabei sollte die Zwiebel aber nur glasig werden und nicht bräunen.

3 Kichererbsen, Lorbeerblatt und Dosentomaten samt Saft hinzufügen (ich zerdrücke dabei die Tomaten mit der Hand und entferne auch gleich die Stielansätze). Jetzt noch den Fond dazugießen und alles 8–10 Min. leicht köcheln lassen. Dann mit Zucker, Salz und Pfeffer würzen.

4 In der Zwischenzeit den Spinat verlesen, putzen, waschen und in einem Sieb abtropfen lassen. Fischfilet waschen, trocken tupfen und in 3–4 cm große Stücke schneiden. Spinat und Fischfilet zum Eintopf geben, Hitze reduzieren und die Filetstücke je nach Dicke in 5–8 Min. gar ziehen lassen.

5 Inzwischen den Koriander abbrausen, trocken schütteln und nur ganz grob hacken. Den Fischeintopf auf tiefe Teller verteilen und mit ordentlich Koriander bestreuen, dann servieren.

TIPP Fischfond lässt sich ganz leicht selbst herstellen. Dazu beim Fischhändler nach Karkassen vom Weißfisch fragen, oft bekommt man sie sogar geschenkt. Für 600 ml Fond sollten es 250–300 g sein. Die Karkassen mit 700 ml Wasser und einem Lorbeerblatt aufsetzen, dann bei geringer Hitze mit geschlossenem Deckel 20 Min. simmern (nicht kochen) lassen, entstehenden Schaum mit einem Schaumlöffel immer wieder abschöpfen. Fischreste herausheben, dann den Fond durch ein feines Baumwolltuch sieben. Bis zur Verwendung kühlen (am gleichen Tag) oder einfrieren.

Ein glücklicher Umstand hatte uns in das verschlafene Algarven-Örtchen Cabanas de Tavira verschlagen, in dem im Restaurant »Noélia e Jerónimo« (die Namen der Gastgeber) ein Tisch für uns reserviert war. In netter Gesellschaft wurden wir stundenlang mit portugiesischen Speisen verwöhnt. Am besten gefiel mir, dass je nach Gericht ganz hemdsärmelig ein großer Topf in die Mitte des langen Tisches gestellt wurde – und sich jeder selbst bedienen konnte oder auch mal von seinem Tischnachbarn bedient wurde. Wie etwa beim Fischeintopf, der so gut war, dass ich einen Nachschlag nahm, obwohl noch mehrere weitere Gänge angekündigt waren.

CASA TRISTE
EIN KULINARISCHER REINFALL

So gründlich Reisevorbereitungen für einen Kurztrip sein mögen, es gibt auch diese Variante: Vor lauter Arbeit ist man zu nichts gekommen, die extra angelegte Google Map für die Algarve zieren gerade mal mickrige fünf Einträge, davon haben überhaupt nur drei etwas mit Essen (mein Lieblingsthema) zu tun. In einem Strandrestaurant auf einer Insel im Naturpark Ria Formosa hatten wir immerhin schon telefonisch einen Tisch reserviert. Die zwei Tage in Faro würden wir auch so meistern, nach dem Motto »einfach der Nase nach« gepaart mit unserer untrüglichen Intuition. Doch schon die Suche nach dem Ticketschalter für die Fähre war eine Herausforderung. Nach einigem Hin und Her schlossen wir uns zwei ebenfalls suchenden Engländerinnen an und kauften die Tickets direkt beim Fährenpersonal. Wer braucht schon einen Ticketschalter? Zusammen mit zwei Australiern tuckerte das spärlich besetzte Boot durch das Lagunenlabyrinth, vorbei an unzähligen Reihern und Störchen, die durchs Wasser staksten.

WENN MUSCHELSAMMELN ZUM ECHTEN HIGHLIGHT WIRD

ROBINSON-CRUSOE-FEELING INKLUSIVE – ES GAB MEHR VÖGEL ALS MENSCHEN

Schließlich legten wir an der Ilha Deserta an. Der Inselname hatte tatsächlich nicht zu viel versprochen, »einsam« war noch untertrieben! Ein Leuchtturm, ein paar verwilderte Dünen, ein Restaurant in der Mitte der winzigen Insel, sonst weit und breit keine Menschenseele. Wir gingen zu sechst von Bord und erkundeten den mit Muscheln übersäten Strand. Natürlich isst man im Süden etwas später zu Mittag, aber die nächste Fähre würde erst um zwei Uhr ankommen. Wo waren die anderen Gäste? Wir schlenderten zum Restaurant und versuchten einen Blick in den Gastraum zu erhaschen. Zwei Angestellte aßen gerade einen Teller Spaghetti, aber sonst war auch dort kein einziger Gast zu sehen. Gerade als ich Oliver überzeugt hatte, dass wir unsere Reservierung besser ganz schnell vergessen sollten und dafür lieber noch zwei Stunden am Strand verbringen würden, schwang die Tür auf und eine Frau in Kochjacke fragte, ob wir reserviert hätten. Mist!

Sie bat uns einzutreten und nein, die Schuhe müssten wir nicht extra wieder anziehen. Ein junger und sehr missmutig dreinschauender Kellner brachte uns zu einem Tisch am Fenster, versorgte uns mit Speisekarten und verschwand. Oliver brachte die Lage auf den Punkt: »Wie kommen wir aus der Nummer wieder raus?« Schadensbegrenzung war angesagt. Bei dem Gästeaufkommen wäre es naiv zu glauben, Fische und Meeresfrüchte auf der Karte seien frisch. Mit Boquerones (in Essig eingelegte Sardellen) und in scharfen Brotbröseln frittierten Shrimps (wahrscheinlich TK-Ware?) sollten wir aber auf der sicheren Seite sein. Dachten wir. Abgesehen davon, dass unser Kellner seinen Job ganz offensichtlich hasste, war er auch ein ziemlicher Tollpatsch. Während er den Teller mit den Shrimps abstellte, verschüttete er die Marinade der Boquerones vom zweiten Teller über den Tisch und – meine Schuhe! Nach seiner halbherzigen Beseitigung des Malheurs mit einem Lumpen begannen wir endlich zu essen. Die Boquerones waren o.k., der erste Biss Shrimps kam dagegen mit einer unangenehmen Überraschung: Man hatte zwar die Schalen der Schwanzspitzen entfernt, aber die restlichen Schalensegmente waren – gut unter den Bröseln verborgen – noch dran und sorgten für ein extra »knuspriges« Geschmackserlebnis. Nach mühsamem Pulen war von der Panade so gut wie nichts übrig. Da unser Kellner mittlerweile ganz verschwunden war, bat ich jemanden vom Küchenteam um die Rechnung. Man nahm die knapp 40 Euro ohne ein Wort entgegen und verschwand wieder. Oliver und ich sahen uns kopfschüttelnd an, ich musste mir ein Lachen verkneifen – was für ein Reinfall!

Rückblickend hatten wir wohl einfach Pech. Die Saison hatte noch nicht begonnen, das Personal bestand im Zweifel aus unmotivierten Aushilfen und ein wenig mehr Recherche hätte uns dieses Mittagessen wahrscheinlich erspart. Andererseits sind es oft diese absurden Geschichten, über die man auch nach Jahren noch herzlich lachen kann.

PS: Natürlich heißt dieses Restaurant nicht wirklich »Casa Triste« – dann hätte uns schon der Name abgeschreckt. Nach diesem Erlebnis könnte ich mir allerdings keinen passenderen Titel vorstellen!

EIN SCHIFF WIRD KOMMEN – UND UNS HIER WEGBRINGEN.

FEIGEN-KROKANT-PARFAIT

FÜR 4–6 PERSONEN

FÜR DAS PARFAIT

3–4 Saftorangen
4 getrocknete Feigen (ca. 80 g)
50 g Walnüsse
50 g Mandeln
¼ TL Zimtpulver
100 g weißer Zucker
4 Eigelb (L)
50 g Rohrzucker (z. B. Demerara)
1 Prise Meersalz
2 EL roter Portwein
200 g Sahne

FÜR DEN SIRUP

200 ml roter Portwein
50 g Vanillezucker

AUSSERDEM

4–6 Portionsförmchen (100–120 ml) oder 1 Pastetenform (½ l)

ZUBEREITUNGSZEIT: 30 Min.
MARINIERZEIT: 1 Std.
GEFRIERZEIT: 5 Std.
PRO PORTION (BEI 6):
ca. 460 kcal, 5 g EW, 21 g F, 51 g KH

1 Fürs Parfait die Orangen auspressen. ¼ l Saft abmessen und erwärmen. Feigen klein würfeln, in den Saft geben und mindestens 1 Std. ziehen lassen. Dann die Feigen in ein Sieb gießen, dabei die Stückchen gut ausdrücken und den Saft auffangen (150–200 ml werden für den Sirup benötigt).

2 Ein Backblech mit Backpapier auslegen. Walnüsse und Mandeln grob hacken, in einer Pfanne mit Zimt bestäuben und rösten, bis sie leicht Farbe annehmen und duften, dann herausnehmen. Weißen Zucker in die Pfanne streuen und bei mittlerer bis starker Hitze schmelzen. Dabei nicht rühren, sondern höchstens die Pfanne vorsichtig schwenken. Sobald der Zucker hell karamellisiert ist, die Nüsse unterrühren, bis sie gleichmäßig mit Karamell überzogen sind. Auf dem vorbereiteten Blech verteilen und hart werden lassen. Dann mit einem großen Messer oder im Blitzhacker zu relativ feinem Krokant hacken. (Krokant in einem luftdichten Behälter aufbewahren, sonst wird er klebrig.)

3 Eigelbe, Rohrzucker, Salz und Portwein mit dem Schneebesen in einer Metallschüssel über einem heißen Wasserbad (siehe S. 119) aufschlagen, bis die Masse cremig wird (3–5 Min.). Die Schüssel in kaltes Wasser setzen und die Masse kalt schlagen, sie wird dabei recht fest und zäh. Feigen und ca. 90 g des Krokants unterrühren. Die Sahne steif schlagen und behutsam unterheben. Die Creme in die Portionsförmchen oder die Pastetenform füllen und mindestens 5 Std. abgedeckt im Tiefkühlfach gefrieren lassen.

4 Für den Sirup Portwein, aufgefangenen Orangensaft und Vanillezucker aufkochen und bei mittlerer Hitze in 10–15 Min. um gut die Hälfte einkochen, bis ein dickflüssiger Sirup entsteht. Abkühlen lassen, dabei wird der Sirup noch mal ein wenig dicker.

5 Die Förmchen oder die Form kurz in heißes Wasser tauchen, das Parfait mit einem Messer vom Rand lösen und auf kleine Teller stürzen. Mit dem Sirup und dem restlichen Krokant servieren.

Parfaits sind oft mein Notfallplan, wenn ich keine zündende Idee für einen passenden Menüabschluss habe: Das Grundrezept lässt sich kinderleicht variieren und an die jeweilige Länderküche anpassen. Manchmal ist das Ergebnis allerdings so überzeugend, dass es direkt in meinen Lieblingsrezepte-Ordner wandert und immer wieder auf den Tisch kommt. Wie dieses Parfait mit Feigen und selbst gemachtem Walnuss-Mandel-Krokant sowie kräftigem Portweinsirup.

Wer wird bei einem Kuchen mit dem Namen »Toucinho do céu« oder »Himmelsspeck« nicht sofort hellhörig? Dieser extrem reichhaltige portugiesische Kuchen (das Rezept kann bis zu 20 Eigelbe enthalten) entstand aus der Not heraus: Die lokalen Weinmacher benötigten haufenweise Eiweiße zum Klären des Weins und die Klöster suchten eine sinnvolle Verwendung für die zahlreichen Dotter, die dann übrig blieben – also wurde damit gebacken. Aber nachdem ich Variante um Variante vom Himmelsspeck ausprobiert hatte, musste ich mir eingestehen, dass gerade sein Markenzeichen, die vielen Eigelbe, einfach nicht mein Ding waren. Also ging ich das Thema Mandelkuchen noch mal neu an und erinnerte mich dabei auch an eine Zubereitungsart, die ich bei meiner Freundin Sherry gelernt hatte. Alle Zutaten werden mit einem Kochlöffel vermengt und mit ein wenig Fleur de Sel abgeschmeckt – dafür lasse ich jeden Himmelsspeck stehen.

KOCHLÖFFEL-KUCHEN

BLITZ-REZEPT

FÜR 1 ECKIGE BACKFORM (20 × 20 CM, 12–16 STÜCKE)

50 g ganze Mandeln
75 g Butter
225 g Zucker
3 Eier (M oder L)
1 EL Amaretto oder Cognac (nach Belieben)
200 g gemahlene Mandeln
50 g Mehl
knapp ½ TL feines Meersalz
¼–½ TL Fleur de Sel

ZUBEREITUNGSZEIT: 15 Min.
BACKZEIT: 45 Min.
PRO STÜCK (BEI 16):
ca. 210 kcal, 5 g EW, 13 g F, 18 g KH

1 Den Backofen auf 180° vorheizen. Backform mit Backpapier auslegen, dabei überstehendes Papier an den Rändern nach außen umklappen. Die ganzen Mandeln mit einem großen Messer grob hacken.

2 Die Butter in einem weiten Topf schmelzen, dann vom Herd nehmen. Den Zucker mit einem Kochlöffel einrühren, dann die Eier nacheinander ebenfalls unterrühren. Nach Belieben Amaretto oder Cognac, in jedem Fall aber die gemahlenen Mandeln einarbeiten.

3 Das Mehl auf die Eier-Zucker-Masse sieben und das feine Meersalz darüberstreuen, dann alles mit dem Kochlöffel zu einem zähflüssigen Teig verrühren. In die vorbereitete Backform füllen und mit den gehackten Mandeln sowie dem Fleur de Sel bestreuen.

4 Die Form in den Ofen (Mitte) schieben und den Kuchen in 35–45 Min. goldbraun backen. Der Kuchen ist fertig, wenn an einem Holzstäbchen, das man in die Mitte des Kuchens sticht, keine klebrigen Teigrückstände mehr haften bleiben.

5 Den Kochlöffelkuchen aus dem Ofen nehmen und ca. 5 Min. ruhen lassen, dann mit Hilfe des Backpapiers aus der Form heben und auf einem Kuchengitter vollständig abkühlen lassen.

TIPPS Zusammen mit etwas Eiscreme (sehr fein: Vanilleeis) und ein paar frischen Beeren (meine Favorit: Himbeeren) ist dieser Kuchen eine tolle Nachspeise, vor allem, wenn er noch leicht warm serviert wird.
Wer gerne salzige Mandeln nascht, kann auch diese anstatt der herkömmlichen Mandeln hacken und vor dem Backen auf dem Kuchen verteilen – dann allerdings das Fleur de Sel weglassen. Die Kombination süß-salzig schmeckt einfach fantastisch!

FRANKREICH

Duftende **Fougasse mit Speck und Walnüssen,** meine allerliebsten **Traditionen & Erinnerungen,** eisgekühlte **Melonensuppe à la Goult,** würzig-süßer **Linsensalat »Saint Paul«,** frühsommerlicher lauwarmer **Spargel-Mimosa-Salat,** ländlicher **Hähnchen-Fenchel-Eintopf** aus der Provence, zarte **Kräuter-Calamari,** ich packe meinen Koffer: Tipps für **Mitbringsel,** unkomplizierte **Schweinefilethappen,** knuspriger **Flammkuchen mit Ziegenkäse und Birne, Reise-Songs** für den Around-the-world-Trip, beschwipstes **Kir Royal Granita,** fruchtige **Aprikosentarte »Trocadero«,** kunstvolle **Törtchen »très jolie«** mit zarter Mousse.

FOUGASSE
MIT SPECK UND WALNÜSSEN

Unser Stadtviertel in München wird auch französisches Viertel genannt. Vielen Straßen tragen französische Namen, Restaurants mit französischer Küche sind überaus zahlreich vertreten und sogar eine kleine Bäckerei mit feinen französischen Brotspezialitäten hat sich vor Jahren hier angesiedelt. Möchte man aber eine der heiß begehrten Fougasse in der Bäckerei »Obori« kaufen, sollte man früh aufstehen – sie sind immer schnell ausverkauft. Dann kann man sie aber immer noch selber backen!

FÜR 1 BROT (4–6 PORTIONEN)

50 g durchwachsener Räucherspeck (in dünnen Scheiben, auch fein: getrocknete Tomaten in Öl)
40 g Walnüsse (auch fein: Haselnüsse)
¼ Hefewürfel (ca. 10 g)
400 g Mehl (Type 550)
½ TL Zucker
1 ½–2 TL feines Meersalz
ein paar Zweige Thymian oder Rosmarin
1–2 EL Olivenöl
grobes Meersalz zum Bestreuen

AUSSERDEM

Mehl zum Arbeiten

ZUBEREITUNGSZEIT: 30 Min.
RUHEZEIT: 1 ½ Std.
BACKZEIT: 20 Min.
PRO PORTION (BEI 6):
ca. 355 kcal, 9 g EW, 14 g F, 48 g KH

2

1 Speck fein würfeln und in einer heißen Pfanne auslassen und knusprig braten. Walnüsse grob hacken und zum Ende hin noch kurz mit in die Pfanne geben (Bild 1). Auf Küchenpapier entfetten und abkühlen lassen.

2 Die Hefe in 275 ml lauwarmem Wasser auflösen. Mehl, Zucker und feines Meersalz in der Schüssel der Küchenmaschine vermischen. Hefewasser dazugießen und alles mit dem Knethaken 6–8 Min. bei niedriger Geschwindigkeit zu einem leicht klebrigen Teig verkneten (ersatzweise das Handrührgerät verwenden). Speck und Walnüsse zugeben und den Teig noch 2 Min. weiterkneten. Dann mit Mehl bestäuben und abgedeckt an einem warmen Ort ca. 1 Std. gehen lassen.

3 Ein Backblech mit Backpapier auslegen. Teig auf die gut mit Mehl bestäubte Arbeitsfläche geben, flach drücken (ca. 2 cm dick) und in Form ziehen – ein klassisches Fougasse ist dreieckig bis oval (Bild 2). Fladen aufs Blech legen und mit der Teigkarte so einschneiden, dass die Einschnitte wie eine Ähre aussehen (Bild 3). Schnitte mit den Fingern auseinanderziehen, sonst schließen sie sich beim Backen wieder. Mit einem Küchentuch abgedeckt 30 Min. gehen lassen. Inzwischen den Backofen auf 250° vorheizen.

4 Kräuter abbrausen, trocken schütteln und die Blättchen grob hacken. Den Fladen erst mit Wasser besprühen, dann mit Olivenöl einpinseln und mit Kräutern und grobem Meersalz bestreuen. In den Ofen (2. Schiene von unten) schieben und die Temperatur sofort auf 220° herunterschalten. Fougasse in 16–20 Min. goldbraun backen (bleibt das Brot sehr blass, kann man die letzten 2–3 Min. den Grill zuschalten). Herausnehmen und auf einem Gitter abkühlen lassen. Am besten noch leicht warm genießen.

TRADITIONEN & ERINNERUNGEN AVEC PLAISIR

Der Spruch »Essen wie Gott in Frankreich« kommt nicht von ungefähr – die Vielfalt der französischen Küche lässt kaum Wünsche offen, nicht selten hat man bei der Reiseplanung die Qual der Wahl. Am besten sind mir folgende Dinge in Erinnerung geblieben:

NIZZA: Frühmorgens über den noch fast leeren Markt Cours Saleya schlendern und – wie immer viel zu viel – für ein Picknick am Strand nebenan einkaufen (Decke und Besteck sind bei uns immer im Reisegepäck). Ein Muss: Gariguette-Erdbeeren, Saint-Marcellin-Käse, Baguette, Oliven, Palmiers (Schweineohren), …

Auf einer Bootsfahrt zu den Dünen von **ARCACHON** – mal wieder – frische Austern probiert. Und wieder nicht gemocht. An der Qualität der Austern kann es also nicht liegen …

DER NASE NACH: Bei einer Autofahrt durchs Hinterland der Côte d'Azur in dem verschlafenen Ort **LE ROURET** gelandet. Obwohl wir nur Croissants in einer netten Boulangerie kaufen wollten, schlenderten wir noch durch die Straßen und landeten in einem kleinen Restaurant, das kurz darauf bis auf den letzten Platz besetzt war. Und fantastisches Essen servierte. Dass es ein Sterne-Restaurant ist, stellten wir erst später fest … (Das »Le Clos Saint Pierre« ist seitdem ein Muss, wenn wir in der Nähe sind.)

IMMER AUF DER SUCHE: In wirklich jede Boulangerie oder Patisserie gehen, um nach dem besten Pain au Chocolat, dem besten Croissant und dem besten Baguette zu suchen.

EIN APARTMENT IN PARIS MIETEN: Damit man nicht nur alle kulinarische Highlights auskosten, sondern auch das gigantische Angebot der Märkte nutzen und selbst kochen kann (den Marché Biologique Raspail und den Marché Aligre mag ich besonders). Tipp: Liegt das Apartment im **6. ARRONDISSEMENT,** dann unbedingt jeden Tag einen Abstecher zu Pierre Hermé oder Sadaharu Aoki einplanen, der Nachspeisen wegen.

In kleinen **FEINKOSTLÄDEN** oder an **MARKTSTÄNDEN** nach den Favoriten der Betreiber fragen. Die meisten geben gerne Auskunft und nicht selten entdeckt man neue Köstlichkeiten. Sind die Leute besonders freundlich, sich unbedingt auch nach dem Lieblingsbistro oder -restaurant erkundigen!

Sich in Paris **RUND UM DEN ERDBALL ESSEN.** Buchweizen-Galette im »Breizh Café«, Falafel auf die Hand beim Wandern durch das Marais-Viertel, sich an einen winzigen Tisch im »Les Pâtes Vivantes« drücken und auf eine dampfende Schale handgemachte asiatische Nudeln warten, um später den Abend marokkanisch bei »Chez Omar« ausklingen zu lassen.

Mit Freunden **EIN HAUS IN DER PROVENCE** mieten. Morgens in den Ort laufen und einkaufen, nachmittags am Pool liegen, abends zusammen kochen. Vor Sonnenaufgang im Schlafanzug auf die Lauer legen, um endlich die Fuchsfamilie zu Gesicht zu bekommen. Glücklich wieder schlafen gehen.

DIE BESTE KARTOFFEL meines Lebens essen – bei »Bruno« (Lorgues), dem Trüffelpapst in Südfrankreich. Auch das Trüffeleis war nicht zu verachten. Unbedingt fragen, ob man die Küche besichtigen darf.

Wein verkosten! Keine Angst vor großen Namen, auch in **CHÂTEAUNEUF-DU-PAPE** wird man nett umsorgt (reservieren!). Highlight: Les Caves St. Charles.

MELONENSUPPE À LA GOULT

FÜR 3–4 PERSONEN
1 große Charentais-Melone (ca. 750 g)
150 g durchwachsener Räucherspeck (in dünnen Scheiben)
8–12 Minzeblättchen
Meersalz
75 g Crème fraîche
75 g milder Ziegenfrischkäse
frisch gemahlener schwarzer Pfeffer
1–2 EL fruchtiges Olivenöl

ZUBEREITUNGSZEIT: 15 Min.
KÜHLZEIT: 2 Std.
PRO PORTION (BEI 4):
ca. 545 kcal, 9 g EW, 51 g F, 12 g KH

1 Die Melone sollte vor dem direkten Zubereiten gut gekühlt sein. Dazu die Melone am besten halbieren, Kerne mit einem Löffel herauskratzen und die Melone in dicke Spalten schneiden. Die Schale von den Spalten entfernen und das Melonenfleisch in grobe Stücke schneiden (benötigt werden 500 g). Die Melonenstücke in einen gut verschließbaren Behälter geben und mindestens 2 Std. in den Kühlschrank stellen.

2 Dann die Speckscheiben in feine Würfel schneiden und in einer Pfanne bei mittlerer Hitze unter Rühren knusprig braten. Die Speckwürfelchen aus der Pfanne nehmen und auf Küchenpapier entfetten.

3 Die Minzeblättchen abbrausen, trocken tupfen und zusammen mit den Melonenstücken, Salz und Crème fraîche entweder in einem Mixer oder mit einem Pürierstab zu einer glatten Suppe mixen.

4 Die kalte Melonensuppe auf vier Schalen verteilen und den Ziegenkäse darüberkrümeln. Suppe mit den Speckwürfelchen und ein wenig Pfeffer bestreuen. Zum Schluss noch Olivenöl über die Suppe träufeln – fertig.

TIPP Wem die Zeit zum Kühlen der Melone fehlt, der püriert das Fruchtfleisch im Mixer einfach zusammen mit 4 Eiswürfeln.

Wir waren morgens in Nizza aufgebrochen und hatten die blaue Küste gegen leuchtende Sonnenblumen- und Lavendelfelder eingetauscht. Bei offenem Fenster und mit der Lieblingsmusik im Ohr wurde jedes Frankreich-Klischee bedient: Ein kleiner Junge kam mit einem Baguette unterm Arm aus einer Boulangerie und am Straßenrand wurden aus Holzständen die früh reifenden, länglichen, hocharomatischen Gariguette-Erdbeeren verkauft. In Goult angekommen, machten wir uns auf die Suche nach dem einsam gelegenen Ferienhaus unserer Freunde und staunten nicht schlecht. Das Anwesen, das sie schon öfter gemietet hatten, war ein Traum. Wir bestaunten Obstgarten, Pool und die gigantische Küche, bevor unsere Gastgeberin Sherry sich besorgt erkundigte, ob wir Hunger hätten. Aber natürlich hatten wir Hunger! Flugs wurden wir mit Käse, Charcuterie und einer kalten Melonensuppe verwöhnt, alles stilecht »à la Provence« auf der weinumrankten Veranda serviert.

BISTRO-KÜCHE

LINSENSALAT »SAINT PAUL«

FÜR 4 PERSONEN

150 g Beluga-Linsen
6–8 Zweige Thymian
2 Lorbeerblätter
150 g gemischte Salatblätter (z. B. Spinat, Feldsalat, Rucola, …)
2 große rote Zwiebeln
5 Anchovisfilets (in Öl)
75 g durchwachsener Räucherspeck (in dünnen Scheiben)
100 g Trockenfrüchte (z. B. Datteln, Aprikosen, Cranberrys)
40 g Walnüsse
3–4 EL Olivenöl
100 ml Orangensaft
4–5 EL milder Essig (z. B. Rotweinessig oder Aceto balsamico)
Meersalz
frisch gemahlener schwarzer Pfeffer
1 TL Honig (nach Belieben)
75–100 g milder Blauschimmelkäse (z. B. Bleu D'Auvergne)

ZUBEREITUNGSZEIT: 30 Min.
PRO PORTION:
ca. 615 kcal, 19 g EW, 40 g F, 42 g KH

Schlendert man durch das auf einer Anhöhe gelegene Künstlerdorf Saint-Paul-de-Vence, fühlt man sich sofort entschleunigt. Kleine Gassen und Kunstgalerien laden zum Entdecken ein, Boulespieler bevölkern die idyllischen Plätze. Und viele Lokale bieten nicht nur einen atemberaubenden Blick übers Hinterland der Côte d'Azur, mein kulinarisches Notizbüchlein freute sich auch über Neueinträge.

1 Linsen mit Thymian und Lorbeerblättern in einem Sieb abbrausen, dann mit 1 l Wasser in einen Topf zum Kochen bringen. Linsen in 18–22 Min. gar kochen, in ein Sieb abgießen. Thymian und Lorbeerblätter entfernen.

2 In der Zwischenzeit Salat putzen, waschen, trocken schleudern und auf vier Teller verteilen. Die Zwiebeln schälen, halbieren und in dünne Spalten schneiden. Die Anchovis und den Speck fein hacken, die Trockenfrüchte und Walnüsse grob hacken.

3 In einer großen Pfanne 3 EL Olivenöl erhitzen. Darin die Zwiebeln, die Anchovis und den Speck bei mittlerer Hitze unter Rühren goldbraun braten. Trockenfrüchte und Nüsse untermischen und 3–5 Min. anrösten. Wird der Pfanneninhalt dabei zu trocken, noch etwas Olivenöl zugeben.

4 Die Zwiebelmischung mit Orangensaft ablöschen, Linsen unterrühren und den Salat mit Essig, Salz und Pfeffer abschmecken. Reicht die Süße der Trockenfrüchte nicht, noch den Honig untermischen. Linsensalat über die Salatblätter löffeln, Käse in kleine Stücke teilen und darüber geben.

SPARGEL-MIMOSA-SALAT

FÜR 4 PERSONEN
600 g grüner Spargel
600 g Erbsenschoten (das entspricht ca. 250 g gepalten Erbsen)
Meersalz
10 Radieschen
2 Schalotten
4 Anchovisfilets (in Öl)
100 ml Olivenöl
3–4 EL Weißweinessig
frisch gemahlener schwarzer Pfeffer
1 Prise Zucker
2 hart gekochte Eier (M oder L)

ZUBEREITUNGSZEIT: 30 Min.
PRO PORTION:
ca. 360 kcal, 11 g EW, 29 g F, 13 g KH

Nur als simplen Aperitif kannte ich »Mimosa« (Prosecco und Orangensaft), bis mich eine originelle Eier-Deko namens Mimosa neugierig machte: Durch ein feines Sieb gedrückte hart gekochte Eier erinnern an südfranzösische Mimosenblüten. Und sie harmonieren ausgezeichnet mit diesem frühsommerlichen Spargel-Erbsen-Salat!

1 Spargel waschen, holzige Enden abschneiden. Erbsen aus den Schalen palen. In einem weiten Topf Wasser zum Kochen bringen, kräftig salzen. Die Spargelstangen je nach Dicke in 4–6 Min. bissfest garen, nach 2 Min. auch die Erbsen zugeben. In ein Sieb abgießen, eiskalt abschrecken (das erhält die grüne Farbe). Den Spargel schräg in dünne Scheiben schneiden, dabei die Köpfe ganz lassen und längs halbieren. Radieschen waschen, putzen und in dünne Scheiben schneiden.

2 Schalotten schälen und fein würfeln, Anchovis fein hacken. Mit Öl und Essig verrühren, mit Salz, Pfeffer und Zucker abschmecken. Vinaigrette mit Spargel, Erbsen und Radieschen mischen. Den Salat auf Schalen verteilen.

3 Die Eier schälen und nacheinander durch ein feines Metallsieb drücken (z. B. mit dem Rücken eines Esslöffels). Am besten hält man das Sieb dazu direkt über die angerichteten Salatschalen – so bleibt das Ei besonders flockig. Noch etwas Pfeffer darüber streuen und servieren!

HÄHNCHEN-FENCHEL-EINTOPF

FÜR 4 PERSONEN
FÜR DIE ROUILLE
1 große rote Chilischote
2 Knoblauchzehen | Meersalz
2 zimmerwarme Eigelb (M oder L)
1–2 TL Weißweinessig
1 EL Paprikamark (gibt es im türkischen Feinkostladen, ersatzweise Tomatenmark)
□ l Olivenöl
frisch gemahlener schwarzer Pfeffer
FÜR DEN EINTOPF
2 große rote Zwiebeln
2 Knoblauchzehen
1 große Knolle Fenchel (mit Grün)
400 g festkochende Kartoffeln
1 Bio-Zitrone
2 Anchovisfilets (in Öl)
500 g Hähnchenbrustfilet (ohne Haut; auch fein: entbeinte Hähnchenkeulen)
Meersalz
frisch gemahlener schwarzer Pfeffer
2–3 Zweige Thymian
3–4 EL Olivenöl
□ l Wermut (ersatzweise Weißwein)
1 Dose geschälte Tomaten (400 g Inhalt)
½ l Hühnerbrühe
½ TL Safranfäden
ZUM SERVIEREN
einige Baguettescheiben

ZUBEREITUNGSZEIT: 1 Std.
PRO PORTION:
ca. 665 kcal, 34 g EW, 45 g F, 24 g KH

1 Für die Rouille Chilischote entkernen, waschen und fein hacken. Knoblauch schälen und mit der Hälfte der Chili (der Rest wird beim Eintopf verwendet) und etwas Meersalz im Mörser zu einer Paste zerstoßen. Mit Eigelben, Essig und Paprikamark in eine Schüssel geben und mit einem Schneebesen verrühren. Dann das Öl langsam (!) in einem dünnen Strahl dazugeben und dabei fortwährend weiter mit dem Schneebesen rühren, sodass eine dickliche Creme entsteht. Rouille mit Salz und Pfeffer abschmecken und kühl stellen.

2 Für den Eintopf Zwiebeln schälen, längs halbieren und in dünne Spalten schneiden. Knoblauch schälen und nur leicht andrücken. Fenchel waschen, putzen, vierteln und in feine Streifen schneiden, Grün fein hacken. Kartoffeln schälen, waschen und grob würfeln. Zitrone heiß waschen, abtrocknen und 2–3 Streifen der Schale dünn abschälen. Anchovis fein hacken. Das Hähnchenbrustfilet waschen, trocken tupfen, in fingerdicke Scheiben schneiden, salzen und pfeffern. Thymian waschen und trocken schütteln.

3 In einem großen Topf 3 EL Öl erhitzen. Darin das Hähnchenfleisch in zwei Durchgängen scharf von allen Seiten anbraten. Dann herausnehmen und in eine Schüssel umfüllen.

4 Zwiebeln, Fenchel und Kartoffeln in den Topf geben und ca. 5 Min. anrösten, dabei übriges Öl dazugeben. Knoblauch, restliche Chili, Zitronenschale und Anchovis kurz mitrösten und mit Wermut ablöschen. Dosentomaten samt Saft hinzufügen (ich zerdrücke dabei die Tomaten mit der Hand und entferne auch gleich die Stielansätze), ebenso Brühe, Safranfäden und den Thymian. Eintopf ca. 10 Min. leicht köcheln lassen, bis die Kartoffeln gar sind, dann das Hähnchenfilet samt Fleischsaft dazugeben. Die Hitze reduzieren und das Fleisch ca. 5 Min. ziehen lassen.

5 Thymian entfernen, Eintopf mit Salz und Pfeffer abschmecken, auf Teller verteilen und mit dem Fenchelgrün bestreuen. Die Rouille zum Servieren auf dem Eintopf verteilen oder auf die Baguettescheiben streichen.

Mehr typisch französische Aromen in einem Gericht – das geht eigentlich nicht. Beim sanften Köcheln verbinden sich die unterschiedlichen Noten von Anis, Safran, Thymian, Zitrone und Tomate zu einer harmonischen Einheit. Ein Gericht, mit dem man sogar den ein oder anderen Fenchel-Verächter bekehren kann. Unbedingt dazu gehört eine Rouille. Diese pikante, sämige Sauce ist eine Art Kreuzung aus würziger Paprikacreme und Knoblauch-Mayonnaise, die auch bei einer klassischen Bouillabaisse nicht fehlen darf.

Fisch und Meeresfrüchte schmecken noch eine Spur besser, wenn das Meer in Sichtweite ist. Weswegen ich an der Küste gerne jede Gelegenheit nutze, um frischen Fisch oder anderes Meeresgetier zu essen. Mit die zartesten Calamari, an die ich mich erinnern kann, habe ich an der südfranzösischen Atlantikküste nahe Arcachon probiert und die Idee mit dem zitronigen Kräuterdressing von dort auch zu Hause in die Tat umgesetzt. Meine zweitliebste Art, Tintenfisch zuzubereiten. (Mein absolutes Lieblingsrezept sind die frittierten Calamari von S. 142.)

KRÄUTER-CALAMARI

FÜR 4 PERSONEN

FÜR DIE CALAMARI

1 große rote Chilischote
2 Knoblauchzehen
6–8 schwarze Oliven (ohne Stein, nach Belieben)
½ Bund Basilikum
½ Bund Koriandergrün
8–9 EL Olivenöl
Saft von 2 Limetten (60–75 ml)
500 g kleine Calamari (küchenfertig, mit oder ohne Tentakeln)
Meersalz
frisch gemahlener schwarzer Pfeffer

FÜR DEN TOMATENREIS

1 Schalotte
1 Knoblauchzehe
400 g Strauchtomaten
2 EL Olivenöl
1 Lorbeerblatt
½ TL geräuchertes Paprikapulver (gibt es in Online-Shops zu kaufen, nach Belieben)
250 g Langkornreis
¾ l Gemüsebrühe
Meersalz
frisch gemahlener schwarzer Pfeffer
1–2 EL Butter

ZUBEREITUNGSZEIT: 45 Min.
PRO PORTION:
ca. 645 kcal, 27 g EW, 36 g F, 52 g KH

1 Für die Calamari die Chilischote waschen, den Knoblauch schälen und beides zusammen mit den Oliven (falls verwendet) fein hacken. Kräuter abbrausen, trocken schütteln und die Blättchen ebenfalls fein hacken. Alles mit 6 EL Olivenöl und dem Limettensaft in einer großen Schüssel verrühren (die Calamari müssen später auch noch Platz darin finden).

2 Für den Reis Schalotte und Knoblauch schälen und fein würfeln. Die Tomaten waschen und halbieren, Stielansätze und Kerne entfernen, das Fruchtfleisch ebenfalls klein schneiden.

3 Olivenöl in einem Topf erhitzen. Schalotte und Knoblauch darin glasig dünsten. Das Lorbeerblatt, die Tomaten und eventuell das Paprikapulver dazugeben und 2–3 Min. bei mittlerer Hitze sanft köcheln lassen. Dann den Reis untermischen und die Brühe dazugießen. Den Reis 18–25 Min. weiterköcheln lassen – anfangs offen, später zugedeckt – bis er bissfest ist. Wird er dabei zu trocken, noch etwa Wasser zugeben. Dann den Tomatenreis mit Salz, Pfeffer und der Butter abschmecken. Auf der ausgeschalteten Herdplatte warm halten.

4 Inzwischen die Calamari waschen, trocken tupfen und in breite Ringe schneiden. In eine Schüssel geben, salzen, pfeffern und mit dem übrigen Olivenöl vermengen, sodass alle Stücke davon überzogen sind.

5 Eine große (Grill-)Pfanne stark erhitzen und darin die Calamari ohne zusätzliches Öl scharf anbraten. Ist die Pfanne zu klein, besser in zwei Durchgängen. Dabei erst 1–2 Min. in der Pfanne liegen lassen (Grillspuren sind erwünscht!), dann schwenken und weitere 1–2 Min. anbraten.

6 Die fertig gebratenen Calamari sofort in die Schüssel mit dem Kräuterdressing geben und gut durchmischen. Den Tomatenreis auf Teller verteilen und die Calamari darauf anrichten. Gleich servieren.

ICH PACKE MEINEN KOFFER

Ob für die Nachbarn, die sich um die Blumen kümmern, die kulinarisch begeisterten Freunde oder einfach für einen selbst – ein nicht unerheblicher Teil des Koffers wird bei der Rückreise immer mit landestypischen Köstlichkeiten befüllt sein. Ein paar meiner Favoriten sind:

FÜR FREUNDE VON PIKANTEM & CHARCUTERIE

Kleine salamiähnliche Würstchen (unbedingt mal die Variante mit Walnussstückchen probieren), Comté und Saint-Marcellin (mild-säuerlicher Ziegenkäse in Tonschälchen), französische Oliven (etwa Picholine, Tanche, Cailletier) und Olivenöl, Butter von Bordier (in verschiedenen Varianten, gesalzen, mit Algen, …), Pâté, Rillettes oder Senf von kleinen Produzenten, Gewürzmischungen (in Paris unbedingt Izraël – L'Epicerie Du Monde besuchen) oder Piment d'Espelette.

FÜR ZUCKERBÄCKER & SÜSSSCHNÄBEL

Cannelés (traditionsreiches Gebäck aus Bordeaux, das aussieht wie ein leicht angebrannter Mini-Gugelhupf – kurze Haltbarkeit!), Macarons (Pierre Hermé hat mittlerweile sogar einen Stand am Flughafen Charles de Gaulle – kurze Haltbarkeit!), Salzkaramellen (Caramels au beurre salé au sel de Guérande), Schokolade von berühmten Chocolatiers (wie etwa Jacques Genin, Pierre Marcolini oder Hugo & Victor), Nougat de Montélimar, Calissons (süßes Konfekt in bunten Farben).

FÜR WEINLIEBHABER & CO.

Typische Liköre wie Chartreuse, Pastis, Absinth, Crème de Cassis, Süßwein wie Sauternes, Monbazillac oder Banyuls, eine besondere Flasche Wein.

GEHT IMMER

Grüne Mandeln vom Markt, die allerbesten Trockenpflaumen (Pruneau d'Agen), Tee aus einem traditionsreichen Salon de Thé, Strohtaschen für den Markteinkauf, Küchenutensilien von Mora in Paris (gut und günstig); Fleur de Sel.

Bau.
de Muscat.
DE MUSCAT

SCHWEINEFILET-HAPPEN

FÜR 2 PERSONEN (ZUM SATTESSEN), FÜR 4 PERSONEN (ALS APPETIZER)

500 g Schweinefilet
Meersalz
frisch gemahlener schwarzer Pfeffer
2 EL Olivenöl
2 hart gekochte Eier (M oder L)
1 EL Kapern
75 g Cornichons
60–75 g Mayonnaise
½ kleines Bund Schnittlauch

ZUM SERVIEREN

Baguette

ZUBEREITUNGSZEIT: 20 Min.
GARZEIT: 18 Min.
RUHEZEIT: 1 Std.
PRO PORTION (BEI 4):
ca. 355 kcal, 31 g EW, 25 g F, 2 g KH

1 Den Backofen auf 200° vorheizen. Das Schweinefilet parieren (Fett und Silberhäutchen entfernen), dann großzügig salzen und pfeffern und mit dem Olivenöl einreiben. Eine Pfanne trocken erhitzen und das Filet darin in 3–5 Min. von allen Seiten scharf anbraten – dabei immer erst wenden, wenn es ein wenig Farbe angenommen hat (Zauberwort Röststoffe!).

2 Schweinefilet in eine flache Porzellan-Auflaufform legen und im Ofen (Mitte) fertig garen. Je nach Dicke des Filetstücks dauert es 14–18 Min., bis es eine Kerntemperatur von 56–58° hat und perfekt ist (siehe auch Tipp). Dann in Alufolie einwickeln und 1 Std. bei Raumtemperatur ruhen und abkühlen lassen.

3 Für die Sauce die Eier schälen. 1 Ei fein, das andere grob hacken. Die Kapern fein hacken, die Cornichons in kleine Würfel schneiden. Fein gehacktes Ei, Kapern und Cornichons mit der Mayonnaise verrühren. Die Sauce mit Salz und Pfeffer abschmecken. Den Schnittlauch abbrausen, trocken schütteln und in feine Röllchen schneiden.

4 Das Fleisch in fingerdicke Scheiben schneiden. Die Sauce auf einem großen Teller oder einer Platte anrichten und das Filet darauf verteilen. Mit dem grob gehackten Ei und den Schnittlauchröllchen bestreuen. Wer mag, gibt noch etwas Pfeffer darüber.

TIPP Wer bei Fleischgarstufen noch unsicher ist, dem hilft ein Fleischthermometer, mit dem sich die Kerntemperatur überprüfen lässt. Dieses sollte mit der Spitze bis in die Mitte des Filets gesteckt werden. Nimmt man das Filet bei 56–58° aus dem Ofen, bleibt das Filet saftig und behält einen zartrosa Schimmer.

Das Credo ist einfach: Lieber weniger Fleisch essen, dafür aber immer erstklassige Qualität kaufen. Gerade bei einem so simplen Gericht schmeckt man den Unterschied. Ein herrlich unkompliziertes Rezept – und mit das Beste, was einem Schweinefilet passieren kann.

Die Zubereitung von Flammkuchen ist bei uns eine lieb gewonnene Essenstradition – mindestens jeden zweiten Sonntagabend wird einer gebacken (stets im Wechsel mit selbst gemachter Pizza). Deshalb beherrsche ich das Rezept auch im Schlaf, und es war meine erste Wahl als meine Freundin Sherry bei unserem letzten gemeinsamen Urlaub ein paar Bekannte zum Abendessen nach Goult (mehr dazu auf S. 71) einlud. Schon Stunden vor dem Eintreffen der Gäste werkelten wir alle gemeinsam in der Küche: mein Freund Oliver buk Brot, Sherrys Mann Bob sorgte für Lebensmittelnachschub aus dem Dorf und kümmerte sich um den Wein, Sherry und ich waren für das Hauptgericht zuständig. Im Laufe des Abends wurden vier verschiedene Flammkuchen-Varianten gebacken und in klein geschnittenen Happen herumgereicht. Dieses Rezept fand den größten Zuspruch – sogar von einem ziemlich kritischen Franzosen.

FLAMMKUCHEN
MIT ZIEGENKÄSE UND BIRNE

FÜR 2 FLAMMKUCHEN

FÜR DEN TEIG

▯ Würfel Hefe (ca. 15 g)
250 g Weizenmehl (Type 550)
50 g Roggenmehl
½ TL Meersalz
1 EL Olivenöl

FÜR DEN BELAG

200 g Crème fraîche
50 g Sahne (ersatzweise Crème fraîche)
Meersalz
frisch gemahlener schwarzer Pfeffer
frisch geriebene Muskatnuss
2 rote Zwiebeln
2 kleine, eher feste Birnen
100 g milder Ziegen(frisch)käse

AUSSERDEM

Mehl zum Arbeiten

ZUBEREITUNGSZEIT: 30 Min.
RUHEZEIT: 1 Std.
BACKZEIT (PRO BLECH): 12 Min.
PRO STÜCK: ca. 1200 kcal, 28 g EW, 66 g F, 121 g KH

HÄPPCHEN TAKTIK

1 Mit dem Teig beginnen: Hefe in 175 ml lauwarmem Wasser auflösen. Weizenmehl, Roggenmehl und Salz in der Schüssel der Küchenmaschine vermischen. Hefewasser und Olivenöl dazugießen und alles mit dem Knethaken bei mittlerer Geschwindigkeit in 5 Min. zu einem geschmeidigen, glatten Teig verkneten (sonst noch etwas Wasser oder Mehl dazugeben). Alternativ die Zutaten von Hand verkneten. Den Teig abgedeckt an einem warmen Ort ca. 45 Min. gehen lassen, bis er sein Volumen verdoppelt hat.

2 Dann den Hefeteig auf die mit Mehl bestäubte Arbeitsfläche geben, flach drücken, halbieren, zu zwei Teigkugeln formen und zugedeckt nochmals mindestens 15 Min. gehen lassen. Den Backofen auf 250° vorheizen, dabei ein Backblech (unten) mit aufheizen.

3 Für den Belag Crème fraîche und Sahne verrühren, mit Salz, Pfeffer und Muskat abschmecken. Zwiebeln schälen und fein würfeln. Birnen waschen, vierteln, entkernen und ungeschält feinblättrig hobeln (oder schneiden).

4 Ein großes (dünnes) Holzbrett mit Backpapier auslegen. 1 Teigkugel auf der bemehlten Arbeitsfläche flach drücken, mit dem Nudelholz möglichst dünn ausrollen und auf das Brett geben. Mit der Hälfte der Crème fraîche bestreichen, dabei rundherum einen schmalen Rand frei lassen. Mit der Hälfte der Zwiebeln und Birnen belegen und die Hälfte des Ziegenkäses darüberkrümeln. Flammkuchen mit dem Backpapier auf das heiße Blech im Ofen rutschen lassen und in 10–12 Min. knusprig backen (der Boden sollte so knusprig gebacken werden, dass man den Flammkuchen mit dem Pfannenwender herausheben kann). Mit Pfeffer bestreuen und sofort servieren. Dann aus den übrigen Zutaten den zweiten Flammkuchen backen.

TIPP Die Variationsmöglichkeiten sind schier endlos. Wer es würziger mag, ersetzt den Ziegenkäse durch Roquefort. Statt der Birnen schmecken Äpfel. Oder man kombiniert als Belag ganz klassisch feine Zwiebelringe mit ausgelassenen Speckwürfeln. Dann aber vor dem Servieren unbedingt noch Schnittlauchröllchen darüberstreuen!

AROUND THE WORLD REISE SONGS

Manchmal reicht ein Bissen eines Gerichts, das man auf einer Reise kennengelernt hat, und man fühlt sich wie im Urlaub. Ähnlich verhält es sich bei Musik. Etliche Lieder sind untrennbar mit bestimmten Ereignissen verbunden. Oft reichen wenige Takte und schon fühlt man sich wie damals.

Logisch also, dass ich beim Reisen immer eine extra Playlist mit dabei habe. Streamingdienste (z.B. Spotify oder Rdio), Mobiltelefon und Mini-Lautsprecher oder Adapter fürs Autoradio erlauben inzwischen unabhängigen Musikgenuss rund um den Globus. Eine Auswahl meiner Lieblingslieder (quer durch alle Genres) muss auf jede Urlaubs-Playlist:

Stereophonics – Have a Nice Day
Taken By Trees – Dreams
Lack of Afro – Beautiful Here
Fever Ray – When I Grow Up
The Neighbourhood – Sweater Weather
Angus & Julia Stone – Paper Aeroplane
Vondelpark – California Analog Dream
Maverick Sabre – I Need
Antonio Carlos Jobim – Brazil
Daft Punk – Fragments of Time
Matt Bianco – Half a Minute
Drop Out Orchestra – Ocean
Rhye – 3 Days
Massive Attack – Be Thankful for What You've Got
Lindon Puffin – Outta Reach
Johnny Nash – I Can See Clearly Now
George Michael – Amazing
Bent – So Long Without
The Common Linnets – Calm After the Storm
Jangula – Hanging Gardens
Tontelas – On My Way
The XX – VCR
Kids – My Sincerest Apologies

KIR-ROYAL-GRANITA

FÜR 6–8 PERSONEN
½ Vanilleschote
400 ml Prosecco (auch fein: Weißwein)
140 g Zucker
500 g schwarze Johannisbeeren
1 EL hochprozentiger Schnaps (z. B. Kirschwasser)

ZUM GARNIEREN
ein paar Beeren (z. B. Johannisbeeren, Brombeeren) oder etwas steif geschlagene Sahne

ZUBEREITUNGSZEIT: 20 Min.
MARINIERZEIT: 30 Min.
AUSKÜHLZEIT: 1 Std.
GEFRIERZEIT: 12 Std.
PRO PORTION (BEI 8):
ca. 135 kcal, 1 g EW, 0 g F, 23 g KH

1 Die Vanilleschote der Länge nach aufschneiden und das Mark herauskratzen. Schote und Mark mit dem Prosecco und dem Zucker in einen kleinen Topf geben und langsam erhitzen, bis sich der Zucker vollständig aufgelöst hat. Vom Herd nehmen und den Prosecco-Zucker-Sirup abgedeckt 30 Min. ziehen lassen.

2 Die Johannisbeeren verlesen, waschen und die Beeren von den Rispen streifen. Johannisbeeren in eine hohe Rührschüssel geben und mit dem Pürierstab fein zerkleinern, dann durch ein feines Sieb streichen. Es sollte 300 g Fruchtpüree ergeben (Siebrückstände entsorgen).

3 Die Vanilleschote aus dem Sirup entfernen und den Sirup mit dem Schnaps gut unter das Johannisbeerpüree rühren. Die Granita-Masse in eine gefriergeeignete, möglichst flache Plastikbox gießen, verschließen und im Kühlschrank in ca. 1 Std. komplett auskühlen lassen. Dann ins Tiefkühlfach stellen und in 12 Std. (am besten über Nacht) gefrieren lassen.

4 Am nächsten Tag das gefrorene Fruchtpüree nach und nach mit einer Gabel abschaben, sodass eine Art Eisschnee (= Granita) entsteht. Das Granita sofort wieder ins Tiefkühlfach stellen und erst unmittelbar zum Servieren herausnehmen und in Gläser portionieren. Mit Beeren oder geschlagener Sahne garnieren oder einfach pur essen.

TIPP Aus der Granita-Masse lässt sich auch wunderbar ein Sorbet zubereiten. Dafür die vorgekühlte Masse entweder in eine Eismaschine geben und entsprechend der Bedienungsanleitung verarbeiten. Oder die Masse in der verschlossenen Plastikbox im Tiefkühlfach ca. 4 Std. anfrieren lassen und dann alle 30–60 Min. mit einer Gabel gut durchrühren (10–12 Std. sollte man hierfür schon einplanen).

Klassisch wird ein Kir Royal zwar mit Champagner und Crème de Cassis zubereitet, aber ganz so eng muss man das nicht sehen. Aus Prosecco (statt Champagner) sowie schwarzen Johannisbeeren und ein wenig Hochprozentigem (statt Crème de Cassis) lässt sich ein sagenhaftes Granita herstellen – die perfekte Abkühlung »mit Schuss« für schwüle Sommertage.

Recht spontan war ich meinem Freund nachgereist, den ein beruflicher Termin nach Paris verschlagen hatte. Mein Gepäck hatte ich ins Hotel im 16. Arrondissement gebracht, dann wollte ich das mir bis dahin unbekannte Passy-Viertel erkunden. Schon die erste kleine Boulangerie gleich ums Eck war ein Volltreffer: Eine herrlich flache Aprikosentarte mit blättrigem Teig, samtiger Creme und tieforangen Früchten wurde von mir an Ort und Stelle aus der Hand verspeist – meine Tage in Paris hätten nicht besser beginnen können! Wieder zu Hause war mein Ehrgeiz geweckt und ich habe unzählige Varianten ausprobiert, bis ich »mein« Rezept gefunden hatte. Wichtig ist das »Aprikotieren«, damit die Tarte ihren typischen Glanz erhält – wie frisch vom Konditor.

APRIKOSENTARTE »TROCADERO«

GLANZ STÜCKE

FÜR 2 TARTES
(JE 22 CM Ø, JE 4–6 STÜCKE)

FÜR DEN TEIG
175 g Mehl
1 EL Zucker
¼ TL Meersalz
100 g kalte Butter
1 EL Crème fraîche

FÜR DIE CREME
1 Ei (M)
60 g Crème fraîche
30 g Vanillezucker
1 Prise Meersalz
1 knapper EL Mehl

FÜR DEN BELAG
600–700 g Aprikosen
2–3 EL Aprikosenkonfitüre
(ohne Stückchen)

AUSSERDEM
Mehl zum Arbeiten

ZUBEREITUNGSZEIT: 45 Min.
KÜHLZEIT: 1 Std.
BACKZEIT (PRO BLECH): 50 Min.
PRO STÜCK (BEI 12):
ca. 195 kcal, 3 g EW, 10 g F, 22 g KH

1 Für den Teig Mehl, Zucker, Salz und Butter in Stückchen in die Schüssel der Küchenmaschine (mit Messereinsatz) geben. Mit der Pulse-Funktion zu Bröseln verarbeiten (per Hand: siehe S. 35). Crème fraîche und 50 ml eiskaltes Wasser portionsweise nur kurz untermixen (kleine Butterflecken sollen noch sichtbar sein), bis sich aus den Bröseln ein Teig formen lässt. Teig zu zwei runden, fingerdicken Platten formen, in Frischhaltefolie einwickeln und für mindestens 1 Std. kalt stellen (auch 1–2 Tage sind kein Problem).

2 Backofen auf 180° vorheizen. Für die Creme in einer kleinen Schüssel das Ei mit einer Gabel kurz verschlagen, dann die übrigen Zutaten unterrühren, bis eine glatte Masse entstanden ist – es soll möglichst keine Luft eingearbeitet werden. Für den Belag die Hälfte der Aprikosen waschen, halbieren, entkernen und in nicht zu dicke Spalten schneiden.

3 Einen Bogen Backpapier leicht mit Mehl bestäuben und darauf eine Teigplatte 4 mm dick ausrollen, dann samt dem Papier auf ein Backblech ziehen. Die Teigplatte mithilfe eines Tellers (24 cm Ø) rund zuschneiden und rundherum einen 1 cm breiten Rand nach innen umschlagen. Etwas von der sehr flüssigen Creme (max. die Hälfte) dünn auf dem Teigboden verteilen, dann dicht mit den Aprikosenspalten belegen. Die Aprikosentarte im Ofen (2. Schiene von unten) in 40–50 Min. goldbraun backen.

4 Kurz bevor die Tarte aus dem Ofen kommt, Konfitüre mit 3 EL Wasser erhitzen und glatt rühren. Mit der Hälfte davon die gebackene Tarte sofort einpinseln. Die übrigen Aprikosen vorbereiten und die zweite Tarte wie beschrieben zubereiten. Schmeckt warm oder kalt, auch am nächsten Tag.

TIPP Schneller geht's mit TK-Blätterteig: Kurz angetaute Teigplatten (ca. 300 g) gleichmäßig mit einer Gabel einstechen, dabei rundherum einen kleinen Rand frei lassen (so geht beim Backen nur der Rand auf). Dünn mit Creme bestreichen (Rand wieder aussparen), mit Aprikosenspalten belegen und im 220° heißen Ofen (Mitte) in 18–20 Min. goldbraun backen. Noch heiß mit der angerührten Konfitüre einpinseln.

TÖRTCHEN »TRÈS JOLIE«

DESSERT DELUXE

FÜR 6–8 TÖRTCHEN (JE 7–8 CM Ø)

FÜR DEN BISKUIT

3 Eier (M oder L)
1 Prise Meersalz
40 g Zucker
1 knapper EL Sonnenblumenöl
50 g Mehl

FÜR DIE MOUSSE

4 Blatt weiße Gelatine
250 g TK-Beeren (aufgetaut, z. B. Himbeeren, Waldbeeren)
15 Pck. Vanillezucker (120 g)
Saft von 1 Limette
300 g Schmand
300 g Sahne

FÜR DEN FRUCHTSPIEGEL

1 Blatt weiße Gelatine
□ l Fruchtsaft (z. B. Johannisbeersaft)

AUSSERDEM

6–8 Dessertringe (7–8 cm Ø)
geschlagene Sahne
ein paar frische Beeren (z. B. Himbeeren)

ZUBEREITUNGSZEIT: 1 Std.
BACKZEIT: 10 Min.
KÜHLZEIT: 8 ½ Std.
PRO STÜCK (BEI 8):
ca. 365 kcal, 6 g EW, 25 g F, 29 g KH

1 Den Backofen auf 200° vorheizen. Ein Backblech mit einem langen, mehrfach gefalteten Alufolienstreifen quer halbieren und die Folienenden am Blech festdrücken. Eine Hälfte des Blechs mit Backpapier auslegen.

2 Für den Biskuit die Eier trennen. Eiweiße mit dem Salz steif schlagen. Eigelbe und Zucker 3 Min. aufschlagen, bis eine dickcremige Masse entstanden ist, dann das Öl kurz unterrühren. Das Mehl darübersieben und mit einem Teigspatel unterheben. Zuletzt den Eischnee unterziehen: erst ein Drittel mit einem Teigspatel unter den zähen Teig rühren, dann den Rest behutsam unterheben. Den Teig gleichmäßig auf das Backpapier streichen und im Ofen (Mitte) in 8–10 Min. goldgelb backen.

3 Das Blech aus dem Ofen nehmen, Biskuit auf ein Küchenbrett stürzen und das Papier abziehen. Den Biskuit abkühlen lassen, dann mit einem Dessertring sechs bis acht kleine Törtchenböden ausstechen. Alle Dessertringe mit passend zugeschnittenen Backpapierstreifen auskleiden und auf eine Tortenplatte setzen, jeweils mit einem Biskuitkreis auslegen.

4 Für die Mousse 4 Blatt Gelatine 10 Min. in kaltem Wasser einweichen. Beeren pürieren und durch ein feines Sieb streichen. Vanillezucker und Limettensaft unter das Püree rühren. Gelatine tropfnass in einem kleinen Topf erhitzen, bis sie sich aufgelöst hat (nicht kochen!), vom Herd nehmen und 2 EL Püree unterrühren. Gelatine unter das restlichen Püree rühren, Schmand zufügen und glatt unterrühren. Abgedeckt in den Kühlschrank stellen, bis die Creme zu gelieren beginnt (15–30 Min.). Die Sahne steif schlagen und unter die Creme heben. Creme in die vorbereiteten Dessertringe gießen und mindestens 6 Std. (besser über Nacht) kalt stellen.

5 Für den Fruchtspiegel 1 Blatt Gelatine 10 Min. in kaltem Wasser einweichen. Saft im Topf erhitzen, vom Herd nehmen, ausgedrückte Gelatine dazugeben. Gut unterrühren, bis sie sich vollständig aufgelöst hat, dann 1–2 Min. abkühlen lassen. Auf die gekühlten Törtchen gießen und diese 2 Std. kalt stellen. Mit Sahne und Beeren garniert servieren.

Denke ich an Frankreich, kommen mir zuallererst die unvergleichlichen Mini-Törtchen in den Sinn, wie man sie in Paris etwa bei Pierre Hermé, Sadaharu Aoki und anderen Meistern der Patisserie findet – hier drücken sich Naschkatzen wie ich immer die Nasen an den Vitrinen platt. Natürlich braucht es für diese kleinen Kunstwerke nicht nur handwerkliches Geschick, sondern auch viel Zeit und Muße. Wer allerdings eine zarte Mousse und einen luftigen Biskuit hinbekommt, der kann beim nächsten Kaffeeklatsch auch mit diesen himmlischen Törtchen aufwarten!

vespa

ITALIEN

Verwandlungskünstler **Frittata di spaghetti,** Top-Kombis: Ideen rund um **Pasta,** Antipasto-Hit **Caponata »Roscioli«,** herrlich erfrischender **Zucchinisalat mit Minze und Haselnüssen,** Sommerliebling **Melonensalat mit Pesto,** knallrote **Tomatensuppe mit Reis,** zartcremiges **Kürbisrisotto mit Radicchio,** fruchtig gefüllte **Pizza bianca,** gratinierte **Käse-Gnocchi,** für Kenner: **l'Italia vera,** würzige **Scaloppine mit Marsalapilzen,** saftig-knusprige **Cantuccini-Pfirsiche,** pistaziengrüne **Amaretti morbidi.**

FRITTATA
DI SPAGHETTI

FÜR 2 GROSSE ODER 4 KLEINE FRITTATAS
250 g Spaghetti
Meersalz
3 Eier (M oder L)
50 g frisch geriebener Parmesan
frisch gemahlener schwarzer Pfeffer
frisch geriebene Muskatnuss
5 EL Olivenöl
2–4 TL Butter (nach Belieben)

ZUBEREITUNGSZEIT: 45 Min.
PRO PORTION (BEI 4):
ca. 470 kcal, 16 g EW, 25 g F, 45 g KH

1 Für die Spaghetti in einem großen Topf reichlich Wasser zum Kochen bringen, salzen. Darin die Nudeln nach Packungsanweisung al dente kochen, dann in einem Sieb gut abtropfen lassen.

2 Während die Pasta kocht, die Eier mit einer Gabel in einer großen Schüssel verschlagen, dann den geriebenen Käse unterrühren. Mit Salz, Pfeffer und Muskat würzen. Die abgetropften Spaghetti dazugeben und alles gründlich vermengen.

3 In einer großen beschichteten Pfanne 1 EL Olivenöl nach Belieben mit 1 TL Butter (für extra Geschmack) erhitzen. Für zwei große Frittatas die Hälfte der Pastamischung, für vier kleine Frittatas ein Viertel dazugeben. Dabei darauf achten, dass man die Spaghetti immer vom Schüsselboden nimmt (am besten mit einer Nudelzange greifen), damit so auch genug von der Eier-Käse-Mischung in der Pfanne landet. Die Pasta mit einem Pfannenwender flach drücken und mindestens 5 Min. bei mittlerer bis starker Hitze anbraten und stocken lassen.

4 Sobald die Unterseite der Frittata gebräunt und knusprig ist, das Nudelomelett wenden und weitere 5 Min. braten, bis die Eiermasse ganz durchgebacken ist und auch die andere Seite Farbe angenommen hat. Aus der Pfanne heben und sofort genießen oder abkühlen lassen und lauwarm oder kalt essen. Aus der übrigen Pastamischung wie beschrieben noch eine große oder drei kleine Frittatas zubereiten.

TIPP Diese Frittatas sind ein typisches Kühlschrankrezept, da sie sich mit (fast) allem, was man im Kühlschrank findet, abwandeln lassen. Man kann etwas angeröstete Zwiebeln, Pancetta, Chilischoten, Salsiccia oder Pilze unter die Eierspaghetti mischen oder frische Kräuter, Anchovis, Knoblauch oder Tomatenmark zugeben. Auch beim Käse ist beinahe alles erlaubt, was schmeckt und gut schmilzt. Pecorino, Grana Padano, Scamorza, Fontina oder Mozzarella eignen sich besonders gut. Zusammen mit einem Blattsalat sind die Frittata di Spaghetti ein gelungenes Mittagessen.

Richtig zu kochen begann ich erst während meiner Studienzeit, und dieses Rezept ist eines der allerersten, um das ich jemanden gebeten habe. Michele, der Freund meiner Studienkollegin Annette, stammte aus Neapel und kochte einfach zum Niederknien – vor allem alles mit Pasta. Diese knusprigen Nudelomeletts schmückten damals ein großes Brunch-Büfett und ich konnte meine Finger nicht von ihnen lassen. Sie schmecken heiß, lauwarm oder kalt, können mit allerlei Zutaten abgewandelt werden und sind überhaupt perfektes Fingerfood.

DAS WICHTIGSTE IN KÜRZE

PASTA-IDEEN

Ein Leben ohne Pasta, das mag man sich eigentlich gar nicht vorstellen! Beachtet man ein paar ganz einfache Grundregeln, lässt sich selbst in kürzester Zeit und mit wenigen Zutaten ein herrlicher Teller Soulfood zaubern. Und mehr braucht es oft nicht zum Glücklichsein!

Für einen Vorspeisengang rechnet man 75 g getrocknete Pasta, ist der Teller Pasta als Hauptgang gedacht, nimmt man abhängig von der Sauce (leicht oder gehaltvoll) 100–125 g Nudeln. Diese kocht man in reichlich Wasser – nur mit Salz, mehr nicht. Als Faustregel gilt: 250 g Pasta kommen in 2½ l kochendes Wasser mit 1 EL grobem Meersalz (manche Italiener nehmen sogar bis zu 2 EL). Serviert werden die Nudeln al dente – also bissfest –, darum unbedingt rechtzeitig abgießen. Zum Prüfen der Bissfestigkeit bereits vor Garzeitende (Packungsanweisung beachten) die Nudeln verkosten und bedenken, dass sie noch ein wenig in der heißen Sauce nachgaren. Jetzt zuerst eine kleine Tasse vom Kochwasser abschöpfen, bevor man die Pasta abgießt. Damit kann man Saucen – falls nötig – ganz einfach verlängern. Die abgetropften Nudeln dann nicht abschrecken, sondern klassisch italienisch tropfnass in der Sauce schwenken und sofort auf (vorgewärmte) Pastateller verteilen.

Und um das Ganze gleich auszuprobieren, gibt es hier ein paar Saucen-Blitzrezepte (jeweils für 200–250 g getrocknete Pasta und 2 Personen gedacht):

PASTA AL PALAZZO

1 rote Zwiebel in dünnen Spalten, 4 Scheiben Pancetta in kleinen Würfeln, 1 ganze Knoblauchzehe und 2 gehackte Anchovisfilets (in Öl) in Olivenöl anbraten. 1 Handvoll Rosinen (in Marsala eingeweicht) und ½ Radicchio in dünnen Streifen dazugeben, mit 2 Schuss Marsala und etwas Pastawasser 2–3 Min. dünsten. Mit Zucker, Salz und Pfeffer abschmecken. Abgetropfte Pasta untermischen, mit 1 Spritzer Olivenöl und frisch geriebenem Parmesan servieren. Bevorzugte Pastaformen: Casarecce, Penne.

PASTA AI POMODORINI SEMISECCHI
200 g halbierte Kirschtomaten in einer Auflaufform (Schnittflächen nach oben) im 200° heißen Ofen (Umluft!) 10–15 Min. rösten, dann mit etwas Pastawasser und Olivenöl unter die abgetropfte Pasta mischen. Mit Salz und Pfeffer abschmecken. 1–2 EL geröstete Pinienkerne, 1 Handvoll Basilikumblättchen und 125 g grob zerzupften Büffelmozzarella über der Pasta verteilen. Bevorzugte Pastaformen: Linguine, Spaghetti.

PASTA ALLA PANNA
4 Scheiben Schinken oder Speck in kleinen Würfeln in Butter anbraten, 250 g Sahne angießen und 5 Min. köcheln lassen. Vom Herd ziehen, 1 Handvoll frisch geriebenen Parmesan, dann 1 Eigelb (ganz frisch, M oder L) und frisch geriebene Muskatnuss einrühren. Kurz bei geringer Hitze eindicken (nicht kochen) lassen. Mit Salz und Pfeffer abschmecken. Abgetropfte Pasta untermischen, mit Schnittlauchröllchen bestreuen. Bevorzugte Pastaformen: Penne, Rigatoni.

PASTA CON PESTO ALLA TRAPANESE
1 Handvoll Mandeln (mit Haut), 1 Handvoll Basilikumblättchen, ½ Chilischote und 50 g Ricotta salata (siehe S. 115) oder Pecorino im Blitzhacker nicht zu fein zerkleinern. Mit etwas Olivenöl und 150 g grob gehackten Kirschtomaten unter die abgetropfte Pasta mischen. Mit Salz und Pfeffer abschmecken und noch ein wenig vom Käse ganz frisch darüberreiben. Bevorzugte Pastaformen: Linguine, Spaghetti.

CAPONATA »ROSCIOLI«

KLASSIKER AUS SIZILIEN

FÜR 4 PERSONEN (ALS VORSPEISE)

50–75 ml Olivenöl
300 g gelbe oder rote Kirschtomaten
500 g Auberginen
1 rote oder gelbe Paprikaschote
2 Stangen Staudensellerie
1 große rote Zwiebel
2 Knoblauchzehen
40 g schwarze Oliven (ohne Stein)
4 Anchovisfilets (in Öl)
60 g Sultaninen
40 g Pinienkerne
3–4 EL guter Aceto balsamico
2 TL Zucker
Meersalz
frisch gemahlener schwarzer Pfeffer
3–4 Stängel Basilikum
250 g Burrata (italienischer Frischkäse, siehe S. 114) nach Belieben, ersatzweise Büffelmozzarella)

ZUBEREITUNGSZEIT: 40 Min.
PRO PORTION:
ca. 575 kcal, 17 g EW, 43 g F, 26 g KH

1 Den Backofen auf 200° vorheizen. Eine große Auflaufform mit etwas Olivenöl einpinseln. Die Kirschtomaten waschen, halbieren und mit den Schnittflächen nach oben in die Form setzen. Im Ofen (Mitte) rösten, bis die Tomaten zu schrumpeln beginnen und die ersten dunklen Flecken bekommen (das ist nach 15–20 Min. der Fall). Aus dem Ofen nehmen.

2 Inzwischen das restliche Gemüse waschen und putzen. Die Auberginen in 2 cm große Würfel, die Paprikaschote in 1 cm große Würfel schneiden. Selleriestangen längs halbieren, dann in dünne Scheiben schneiden. Die Zwiebel schälen und in dünne Spalten schneiden. Knoblauch schälen und fein hacken. Oliven in dünne Ringe schneiden, Anchovisfilets fein hacken.

3 Eine große Pfanne mit hohem Rand erhitzen. Auberginenwürfel hineingeben, sofort gleichmäßig mit 3–4 EL Olivenöl beträufeln, gründlich durchmengen und bei starker Hitze ca. 5 Min. scharf anbraten (die Würfel sollen etwas Farbe annehmen). Paprikaschote, Sellerie und Zwiebel dazugeben und alles weitere 5 Min. bei mittlerer Hitze braten. Knoblauch, Oliven und Anchovis, Sultaninen und Pinienkerne untermischen und noch mal 5 Min. bei geringer Hitze sanft schmoren lassen, dabei ab und zu umrühren.

4 Das Gemüse mit 2–3 EL Wasser und dem Aceto balsamico ablöschen. Die Ofentomaten vorsichtig unterrühren und die Caponata mit Zucker, Salz und Pfeffer abschmecken. Die Basilikumblättchen von den Stängeln zupfen, grob hacken und unter die Caponata mischen. Warm oder abgekühlt pur oder mit der Burrata anrichten.

TIPP Die Caponata lässt sich gut schon am Vortag zubereiten und im Kühlschrank aufbewahren. Sie schmeckt am nächsten Tag noch mal ein bisschen besser, nachdem sie gut durchgezogen ist (eventuell ein wenig nachwürzen). Allerdings sollte sie dann rechtzeitig aus dem Kühlschrank genommen werden, damit sich die Aromen entfalten können.

Manche Abende bleiben unvergessen. Etwa unser erster Besuch in einer römischen Restaurant-Institution: »Roscioli«. Freunde hatten einen Tisch für Vier reserviert und wir aßen uns zuerst einmal quer durch die Vorspeisen. Der Tisch war über und über mit Weingläsern und verschiedenen Antipasti bedeckt und wir schwelgten in eingelegtem Gemüse und verschiedenen Käse- und Schinkensorten. Unser aller Liebling war die Caponata mit Rosinen und eine fantastische Burrata. Jedes Element für sich genommen war schon ein wahres Gedicht, aber zusammen ergab das eine kulinarische Offenbarung, wie man sie nur ganz selten erlebt.

ZUCCHINISALAT
MIT MINZE UND HASELNÜSSEN

FÜR 4 PERSONEN
70 g Haselnüsse
400 g kleine Zucchini
½ rote Chilischote
½ Bund Minze
4 Anchovisfilets (in Öl)
2 EL Zitronensaft
5–6 EL Olivenöl
Meersalz
frisch gemahlener schwarzer Pfeffer
1 Stück Ricotta salata (siehe S. 115) oder Parmesan (50–75 g)

ZUBEREITUNGSZEIT: 20 Min.
PRO PORTION:
ca. 345 kcal, 11 g EW, 31 g F, 4 g KH

HINGUCKER

Nachdem unsere Freunde nach Rom gezogen waren, folgte bald unser erster Besuch. An den Willkommens-snack erinnere ich mich immer noch: ein simpler Salat aus ganz jungen Zucchini, die grob gestiftelt und mit reichlich frischer Minze gemischt waren. Über die Jahre sind bei mir noch einige Zutaten dazugekommen und mit Nüssen und Ricotta salata wird daraus ein leichtes Mittagessen.

1 Haselnüsse in einer Pfanne bei mittlerer Hitze rösten, bis sie zu duften beginnen. Wer mag, kann noch die Schale abrubbeln, dazu die Nüsse in einem Geschirrtuch abrubbeln. Haselnüsse nicht zu fein hacken. Zucchini waschen, putzen und der Länge nach in dünne Streifen hobeln.

2 Für das Dressing die Chilischote waschen. Minze abbrausen, trocken schütteln und die Blättchen abzupfen. Beides zusammen mit den Anchovis fein hacken und in eine kleine Schüssel geben. Zitronensaft und Olivenöl unterrühren, dann das Dressing mit Salz und Pfeffer abschmecken.

3 Zucchinistreifen dekorativ auf Tellern anrichten, das Dressing darüber-träufeln und den Salat großzügig mit den gehackten Nüssen bestreuen. Zum Schluss den Käse in dünnen Spänen darüber hobeln.

WÜRZIGER OBSTSALAT

MELONENSALAT MIT PESTO

Caprese mit Mozzarella, Tomaten und Basilikum war gestern. Für diesen Salat braucht es zwar etwas mehr Schnippelarbeit, aber der Geschmack entschädigt mit jedem Bissen. Der Clou ist das Pesto, das den Büffelmozzarella umhüllt – dank der Minze schmeckt es extra leicht und frisch. Ein perfekter Sommersalat!

FÜR 4 PERSONEN

FÜR DAS PESTO

40 g Parmesan
½ Bund Basilikum
½ Bund Minze
40 g Pinienkerne | Meersalz
frisch gemahlener schwarzer Pfeffer
□ l Olivenöl

FÜR DEN SALAT

1 kg Melone (mindestens 2 Sorten, z. B. Wasser- und Netzmelone)
1 kleine Salatgurke
1 Pfirsich (ersatzweise Nektarine)
1 Handvoll Kirschtomaten
2 EL Pinienkerne
12 schwarze Oliven (ohne Stein)
3 Anchovisfilets (in Öl)
400 g Büffelmozzarella
Olivenöl zum Beträufeln
frisch gemahlener schwarzer Pfeffer
Minze- oder Basilikumblättchen zum Garnieren (nach Belieben)

ZUBEREITUNGSZEIT: 30 Min.
PRO PORTION:
ca. 910 kcal, 32 g EW, 76 g F, 24 g KH

1 Für das Pesto den Parmesan fein reiben. Kräuter abbrausen, trocken schütteln und die Blättchen abzupfen. Beides mit den Pinienkernen, Salz, Pfeffer und Olivenöl in einen Blitzhacker geben und kurz zerkleinern (zu langes Bearbeiten im Mixer lässt das Olivenöl leicht bitter werden).

2 Für den Salat die Melone schälen und entkernen, 600 g Fruchtfleisch abwiegen. Gurke schälen, längs vierteln und die Kerne herauskratzen. Den Pfirsich halbieren, vom Kern befreien und schälen. Alles in mundgerechte Würfel schneiden und in eine große Schüssel geben. Tomaten waschen, halbieren und dazugeben.

3 Den Melonensalat auf Teller verteilen. Die Pinienkerne, die Oliven und die Anchovis fein hacken und darübergeben.

4 Den Mozzarella in grobe Stücke zupfen, in dem Pesto wenden und auf dem Salat anrichten (restliches Pesto zum Salat reichen). Melonensalat mit etwas Olivenöl beträufeln und mit Pfeffer übermahlen. Wer mag, streut als Garnitur noch Minze- oder Basilikumblättchen über den Salat.

TOMATENSUPPE
MIT REIS

FÜR 4–6 PERSONEN

FÜR DAS BASILIKUMÖL

½ Bund Basilikum
100–125 ml Olivenöl
2 Prisen grobes Meersalz

FÜR DIE SUPPE

150 g Langkornreis
feines Meersalz
1 rote Zwiebel
2 Knoblauchzehen
½ große rote Chilischote
3 EL Olivenöl
2 EL Tomatenmark
1 Dose geschälte Tomaten (800 g Inhalt)
¾ l Hühnerbrühe
125 g Gorgonzola dolce
100 g Sahne (nach Belieben)
frisch gemahlener schwarzer Pfeffer
1 TL Zucker (nach Belieben)

ZUBEREITUNGSZEIT: 30 Min.
PRO PORTION (BEI 6):
ca. 485 kcal, 9 g EW, 38 g F, 26 g KH

1 Für das Basilikumöl die Basilikumblättchen von den Stängeln zupfen (mindestens 15 g) und sehr fein hacken. Mit wenig Olivenöl und dem Salz in einem Mörser fein zerstampfen. In eine kleine Schüssel umfüllen und mit dem übrigen Öl aufgießen.

2 Für die Suppe den Langkornreis nach Packungsanweisung in leicht gesalzenem Wasser gar kochen. Dann in ein Sieb abgießen und gut abtropfen lassen, nicht abschrecken.

3 In der Zwischenzeit die Zwiebel und den Knoblauch schälen und getrennt fein hacken. Chilischote waschen und ebenfalls fein hacken. Das Olivenöl in einem großen Topf erhitzen. Darin Zwiebel und Chili glasig dünsten, dann erst den Knoblauch dazugeben. Tomatenmark unterrühren und kurz anrösten, dann die Dosentomaten samt Saft und die Brühe dazugießen. Die Tomaten am besten mit einem Kochlöffel direkt im Topf etwas zerdrücken. Die Suppe zum Kochen bringen und zugedeckt bei mittlerer Hitze gut 10 Min. köcheln lassen.

4 Die Hitze etwas reduzieren (die Suppe soll nicht mehr kochen), dann Gorgonzola und, wer mag, die Sahne unterrühren. Sobald der Gorgonzola geschmolzen ist, die Suppe mit dem Pürierstab glatt mixen.

5 Den abgetropften Reis zur Suppe geben. Mit Salz, Pfeffer und eventuell Zucker würzig abschmecken. Die Tomatensuppe auf Suppenschalen verteilen und mit dem Basilikumöl beträufeln.

Die wichtigste Zutat für eine gute Tomatensuppe sind richtig aromatische Tomaten. Deshalb greife ich meist auf Tomaten zurück, die man in Italien in der Dose oder in der Flasche konserviert hat. Dort werden die Früchte zum optimalen Zeitpunkt geerntet und sofort verarbeitet. Da es aber durchaus Qualitätsunterschiede gibt, lohnt sich ein wenig Ausprobieren, bis man »seine« Marke gefunden hat. Kombiniert mit Gorgonzola, Reis und Basilikumöl wird daraus ein Lichtblick (nicht nur) für die kalte Jahreszeit.

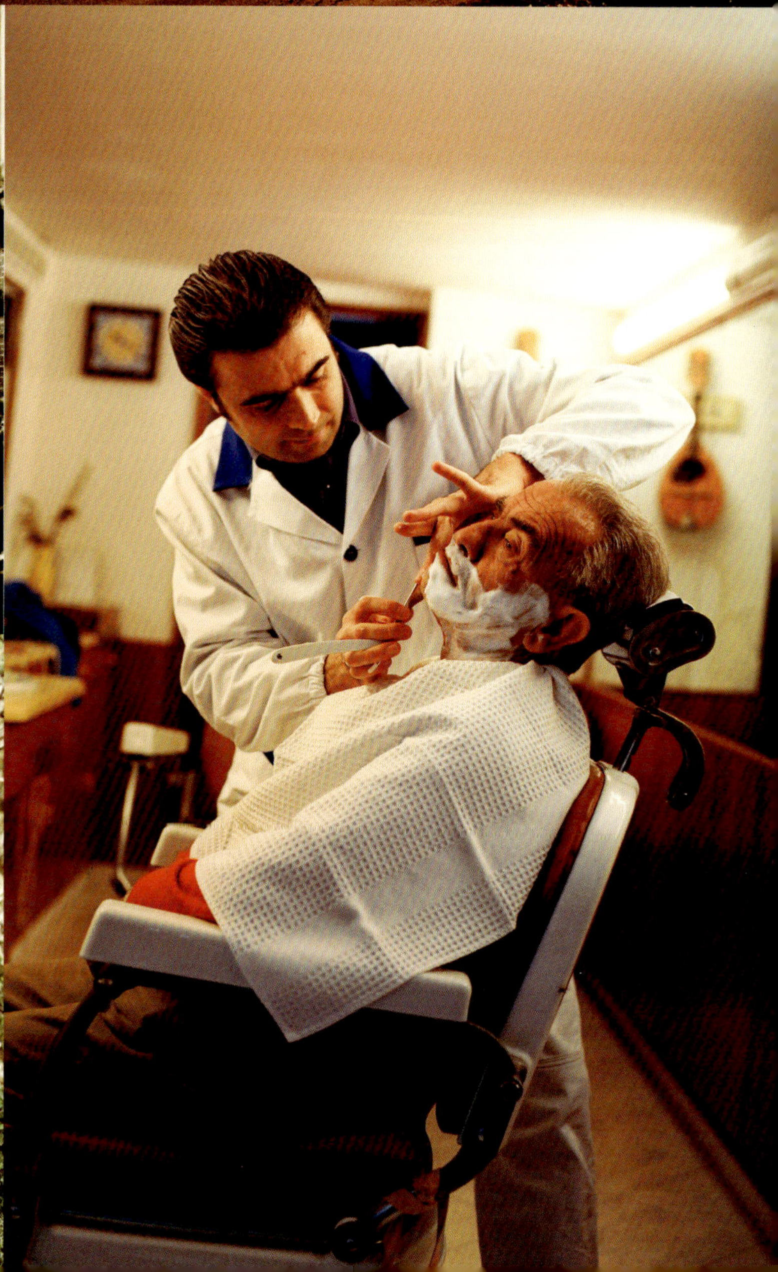

WER REISEN WILL,
MUSS ZUNÄCHST
LIEBE ZU LAND
UND LEUTEN
MITBRINGEN.

THEODOR FONTANE

KÜRBISRISOTTO

MIT RADICCHIO

FÜR 4 PERSONEN
2 Schalotten
1 kleiner Radicchio
350 g Hokkaido-Kürbis
1–1 ¼ l Hühnerbrühe
2 EL Butter
250 g Risotto-Reis
25 g frisch geriebener Parmesan
150 g Gorgonzola dolce
Meersalz
frisch gemahlener schwarzer Pfeffer
frisch geriebene Muskatnuss

ZUBEREITUNGSZEIT: 40 Min.
PRO PORTION:
ca. 460 kcal, 16 g EW, 19 g F, 56 g KH

1 Die Schalotten schälen und in feine Würfel schneiden. Äußere Blätter des Radicchio und den Strunk entfernen, Radicchio vierteln und in dünne Streifen schneiden. Hokkaido waschen und entkernen, dann zuerst in dünne Spalten, anschließend in ca. 1 cm große Würfel schneiden. Die Hühnerbrühe erhitzen und heiß halten.

2 Die Butter in einem großen Topf schmelzen und aufschäumen lassen. Darin die Schalotten glasig andünsten. Den Risotto-Reis dazugeben und unter Rühren mitdünsten, bis auch dieser glasig ist (weder Schalotten noch Reis sollen dabei Farbe annehmen).

3 Die Kürbiswürfel in den Topf geben und mit 2–3 Schöpfkellen heißer Brühe ablöschen. Den Risotto bei mittlerer Hitze köcheln lassen, dabei immer wieder umrühren, damit nichts am Boden ansetzt, und schöpfkellenweise weitere Brühe dazugeben, sobald der Reis die Flüssigkeit im Topf aufgenommen hat.

4 Nach 15–18 Min. die Radicchiostreifen unter den Reis rühren. Den Risotto probieren, die Reiskörner sollten noch einen leichten Biss haben. Dann den Parmesan und den Gorgonzola untermengen und den Risotto noch 1–2 Min. auf der ausgeschalteten Herdplatte ziehen lassen. Mit Salz, Pfeffer und Muskat abschmecken.

TIPP Ein gut gemachter Risotto muss eine sämige, leicht fließende Konsistenz haben, deshalb keinesfalls mit der Hühnerbrühe sparen. Und diese sollte am besten selbst gemacht sein, auch wenn es verlockend ist, auf Brühwürfel zurückzugreifen. Ein Risotto mit Hühnerbrühe aus der eigenen Küche schmeckt einfach unvergleichlich gut. Gerade in den kalten Monaten setze ich fast jedes Wochenende 2–3 l Brühe an, die dann im Lauf der Woche verbraucht werden oder auch als praktischer Vorrat ins Tiefkühlfach wandern.

Wenn wir unsere Freunde in Rom besuchen, wandern für sie immer ein paar kulinarische Mitbringsel in den Koffer, über die sie sich freuen. Mal sind das selbst gemachte Konfitüren, mal vakuumierte bayerische Würste, mal auch einfach ein paar kleine Hokkaido-Kürbisse, weil diese – zumindest vor ein paar Jahren – nicht ohne weiteres in der italienischen Hauptstadt aufzutreiben waren. Und auch bei mir stehen diese kleinen Kürbisse hoch im Kurs, kann die Schale doch praktischerweise mitverarbeitet werden. Wie etwa im Lieblingsrisotto meines Freundes Oliver.

Für einen Kohlehydrate-Liebhaber wie mich ist Italien der Himmel auf Erden. Pasta, aber auch Risotto oder Kartoffelgnocchi könnte ich eigentlich immer essen. Und Pizza bianca – eine Kreuzung aus Pizza (ohne Belag) und Focaccia, die es in vielen italienischen Bäckereien gibt. Man zeigt mit den Händen, wie viel man möchte, und bekommt dann exakt dieses Stück von den oft meterlangen Pizzen abgeschnitten. Gabriele Bonci, der Pizza-Papst Roms, hat die Pizza bianca perfektioniert. Dieses Rezept ist – wenn auch ein wenig vereinfacht – von ihm inspiriert. Für ein möglichst professionelles Backergebnis die Pizza (sowie auch Brot) unbedingt auf einem Pizzastein oder einer gusseisernen Grillplatte (beides muss mindestens 30–45 Min. aufgeheizt werden) backen!

PIZZA BIANCA
MIT FEIGE UND ROSMARIN

FÜR 4–6 PERSONEN (ALS BEILAGE)
300 g Pizzamehl »Type 00« oder italienisches Mehl »Farina tipo 00« (in italienischen Feinkostläden oder online erhältlich)
½ TL Zucker
½–¾ TL feines Meersalz
½ TL Trockenhefe
2–3 EL Olivenöl
2–3 Zweige Rosmarin
80–100 g Feigenkonfitüre
grobes Meersalz

AUSSERDEM
Mehl zum Arbeiten
1 Pizzastein (ersatzweise gusseiserne Grillplatte oder herkömmliches Backblech)

ZUBEREITUNGSZEIT: 30 Min.
RUHEZEIT: 26 ½ Std.
BACKZEIT: 15 Min.
PRO PORTION (BEI 6):
ca. 265 kcal, 5 g EW, 6 g F, 48 g KH

1 Mehl, Zucker und feines Meersalz in einer Schüssel vermischen. Die Trockenhefe in 225 ml kaltem Wasser auflösen. Das Hefewasser und 1 EL Olivenöl in die Schüssel geben und mit einem Kochlöffel unter das Mehl rühren, bis ein klebriger Teig ohne Mehlinseln entstanden ist. Abgedeckt mit einem Küchentuch an einem warmen Ort 20 Min. gehen lassen.

2 Dann wird der Teig gefaltet: Dazu an der hinteren Schüsselwand mit einer Teigkarte (oder den befeuchteten Fingern) unter den Teig fahren, diesen nach oben ziehen und zu sich hin über den übrigen Teig legen. Die Schüssel um 90 Grad drehen und den Teig wieder falten – insgesamt vier Mal. Den Teig abdecken und weitere 20 Min. gehen lassen. Dann noch vier Mal falten, gehen lassen und wieder vier Mal falten. Die Schüssel jetzt mit Frischhaltefolie abgedeckt für 20–24 Std. in den Kühlschrank stellen.

3 Teig aus dem Kühlschrank nehmen, auf eine gut bemehlte Arbeitsfläche geben (der Teig ist wirklich sehr klebrig!), mit Mehl bestäuben und abgedeckt in 1 Std. Raumtemperatur annehmen lassen. Dann Backofen samt Pizzastein (unten) auf 250° vorheizen. Den Rosmarin abbrausen, trocken schütteln und die Blättchen fein hacken.

4 Bemehlten Teig behutsam zu einem Rechteck (20 × 30 cm) formen – je mehr Luft dabei im Teig bleibt, umso besser, das sind später die großen Poren. Zur Hälfte mit Feigenkonfitüre bestreichen, andere Hälfte darüberklappen und die Ränder zusammendrücken. Fladen mit Mehl bestäuben, wieder zu einem Rechteck (25 × 25 cm) drücken und auf ein mit Mehl bestäubtes Backpapier legen. Mit den Fingern vorsichtig Vertiefungen in den Teig drücken, mit übrigem Olivenöl bestreichen und mit grobem Meersalz und Rosmarin bestreuen.

5 Den Pizzateig noch einmal 30 Min. gehen lassen. Dann mithilfe des Backpapiers auf den Pizzastein gleiten lassen und die Pizza in 13–15 Min. goldbraun und knusprig backen (falls nötig kurz den Grill zuschalten). Am besten lauwarm genießen, etwa mit einer italienischen Käseplatte.

GRATINIERTE KÄSE-GNOCCHI

FÜR 2 PERSONEN

FÜR DIE SAUCE

200 g Sahne
100 g Gorgonzola dolce
Meersalz
frisch gemahlener schwarzer Pfeffer

FÜR DIE GNOCCHI

200 g Ricotta
75 g Ziegenfrischkäse
1 Eigelb (L)
Meersalz
frisch gemahlener schwarzer Pfeffer
40 g frisch geriebener Parmesan
75 g Mehl

AUSSERDEM

½ Bund Schnittlauch
Mehl zum Arbeiten
25 g frisch geriebener italienischer Käse (z. B. Pecorino, Fontina, Scamorza)

ZUBEREITUNGSZEIT: 30 Min.
PRO PORTION:
ca. 1035 kcal, 42 g EW, 81 g F, 31 g KH

Als Kind konnte man meine italienischen Lieblingsgerichte an einer Hand abzählen. Darunter befanden sich Spaghetti Bolognese, Pizza Salami und natürlich Gnocchi – am liebsten klassisch »alla panna« oder »al Gorgonzola«. Das hat sich bis heute nicht geändert, Gnocchi sind noch immer mein Wohlfühlessen No. 1 und stehen regelmäßig in unterschiedlichen Variationen auf dem Tisch. Auch eine Schnellversion mit Ricotta, die nur einen Bruchteil der Zeit beansprucht und ebenso fein schmeckt wie ihre zeitaufwendigeren Verwandten aus gekochten Kartoffeln. Mir ist noch niemand begegnet, den die zartschmelzende Konsistenz der Ricotta-Gnocchi nicht verzückt hätte!

2

1 Für die Sauce Sahne in einem Topf erhitzen und den Gorgonzola darin schmelzen. Mit Salz und Pfeffer abschmecken, warm halten. Schnittlauch abbrausen, trocken schütteln und in Röllchen schneiden.

2 Für die Gnocchi den Ricotta ohne die abgesetzte Flüssigkeit in eine Schüssel geben (ist er sehr feucht, in ein doppelt mit Küchenpapier ausgelegtes Sieb geben und 15–30 Min. abtropfen lassen). Frischkäse, Eigelb, ½ TL Salz, Pfeffer und Parmesan dazugeben, alles mit der Gabel zu einer homogenen Masse verarbeiten (Bild 1). Mehl zufügen und mit dem Kochlöffel nur so lange unterrühren, bis es gerade mit der Masse vermengt ist.

3 Backofen auf 220° (mit Umluft und Grillfunktion) vorheizen, Küchentuch mit Mehl bestäuben. Arbeitsfläche großzügig mit Mehl bestäuben, 1–2 EL Teig daraufsetzen und mit gut bemehlten Händen zu einer daumendicken Rolle formen. In 2½–3 cm lange Teigkissen schneiden (Bild 2) und diese wie sie sind aufs Tuch legen oder vorher zu Knödelchen rollen (Bild 3). Auf diese Weise den Teig zügig verarbeiten, denn er wird immer klebriger.

4 In einem großen Topf Salzwasser aufkochen, dann die Hitze reduzieren. Darin die Gnocchi 3–4 Min. ziehen lassen, bis sie oben schwimmen und gar sind (das Wasser keinesfalls sprudelnd kochen lassen, sonst können die Gnocchi zerfallen!). Gnocchi mit einem Schaumlöffel herausnehmen, kurz abtropfen lassen, in eine flache Auflaufform (ca. 14 × 24 cm) geben.

5 Gnocchi mit der Gorgonzolasauce übergießen, mit dem geriebenen Käse bestreuen und im Ofen (oberes Drittel) in 4–5 Min. goldbraun gratinieren. Aus dem Ofen nehmen, mit Schnittlauch bestreuen und servieren.

FÜR KENNER

L'ITALIA VERA

Büffelmozzarella, Pancetta, Vitello tonnato, Penne all'arrabbiata – die italienische Küche ist längst bei uns heimisch. Trotzdem lassen sich südlich der Alpen noch weniger bekannte kulinarische Schätze entdecken. Mit etwas Glück kann man sie auch hierzulande auftreiben (z. B. in Feinkostläden).

BOTTARGA
Meist aus dem Rogen der Meeräsche gewonnen und nach dem Trocknen am Stück oder gerieben im Glas verkauft. Eine Umami-Zutat (die sogenannte fünfte Geschmacksrichtung, neben süß, sauer, salzig und bitter), die sehr gerne zum Verfeinern und zum finalen Würzen verwendet wird. Ein wenig davon über eine in Knoblauch-Olivenöl geschwenkte Pasta reiben, schon hat man eine leichte Meeresbrise in der Nase.

BURRATA
Wer Büffelmozzarella mag, wird Burrata lieben. Hergestellt aus Kuh- oder Büffelmilch, ähnelt die äußere Hülle in ihrer Konsistenz klassischem Mozzarella, doch der sahnige, fließende Frischkäsekern ist die eigentliche Sensation. Am besten mit ganz wenig Schnickschnack und so frisch wie nur möglich genießen. Bei uns ist die Burrata meist in Blätter gewickelt in Salzlake erhältlich.

COLATURA
Ähnlich der asiatischen Fischsauce ist diese traditionell aus eingesalzenen Sardellen zubereitete, bernstein- bis karamellfarbene Würzsauce ein Geheimtipp beim Abschmecken vieler Gerichte. Sparsam verwenden, da sehr herzhaft! Neben Bottarga ein weiteres perfektes Beispiel für Umami.

GUANCIALE
Der aus Schweinebacke hergestellte, sehr feste, ungeräucherte Speck ist geschmacklich noch eine Ecke deftiger als Pancetta. Ausgelassen und knusprig angeröstet kann er beispielsweise in traditionellen Pastagerichten wie »All'amatriciana« oder »Carbonara« zum Einsatz kommen.

PUNTARELLA (PLURAL: PUNTARELLE)

Ein Puntarella-Kopf sieht erst einmal aus wie ein länglicher Salatkopf. Entfernt man die löwenzahnähnlichen Blätter, offenbart sich das knackige Herzstück, das an hohle, grüne Spargelstangen erinnert (deshalb auch der Name »cicoria asparago«, wörtlich »Spargelchicorée«). Das leicht bittere Wintergemüse wird – in feine Streifen geschnitten, die sich in kaltem Wasser kräuseln – besonders gerne für Salate verwendet. Sehr fein mit einem Anchovis-Dressing!

RICOTTA SALATA

Viele kennen den klassischen Ricotta, einen sehr milden Frischkäse aus Schafs-, Ziegen- oder Kuhmilch, der häufig in Süßspeisen (z. B. Cannoli) oder auch in Pastagerichten Verwendung findet. Dagegen ist die eingesalzene, gereifte »salata«-Variante deutlich fester und würziger. Sie eignet sich perfekt zum Hobeln oder Reiben über Salate oder Pasta.

WILDER FENCHEL

Wenn man im Sizilienurlaub um etwas nicht herumkommt, dann ist es wilder Fenchel, der fast wie Unkraut in nahezu jedem Feld wächst. Das Fenchelkraut mit seiner typischen Anisnote wird zum Würzen von Fisch, Fleisch und Pastagerichten verwendet. Seine Blüten ergeben den kostbaren Fenchelpollen, der wegen des besonders feinen Aromas geschätzt wird und vor ein paar Jahren einen regelrechten Hype in der Welt der Gewürzeliebhaber ausgelöst hat.

SCALOPPINE
MIT MARSALAPILZEN

FÜR 3–4 PERSONEN
250 g Champignons
600 g sehr dünne Kalbsschnitzelchen
Meersalz
frisch gemahlener schwarzer Pfeffer
5–6 EL Olivenöl
200 ml Marsala
150 ml Brühe (nach Wahl, ersatzweise Wasser)
1 TL gereifter, dickflüssiger Aceto balsamico
125 g Sahne

ZUM SERVIEREN
etwas gehackte Petersilie
Weißbrot

ZUBEREITUNGSZEIT: 30 Min.
PRO PORTION (BEI 4):
ca. 440 kcal, 33 g EW, 33 g F, 17 g KH

1 Die Champignons putzen und die Stielenden abschneiden, die Pilze in nicht zu dünne Scheiben schneiden. Die Kalbsschnitzelchen nicht klopfen, sondern nur mit dem Handballen flach drücken, salzen und pfeffern.

2 In einer großen Pfanne 2–3 EL Olivenöl erhitzen. Die Kalbsschnitzelchen darin portionsweise bei starker Hitze von beiden Seiten scharf (!) anbraten. Pro Seite 20–30 Sek. sollten reichen, damit sie Farbe annehmen (dabei ruhig liegen lassen und nicht an der Pfanne rütteln). Die Schnitzelchen aus der Pfanne nehmen und in einer Schale beiseitestellen.

3 Wieder etwas Olivenöl in die Pfanne geben und nun die Champignons bei mittlerer bis starker Hitze anbraten, bis auch diese etwas Farbe angenommen haben, dabei erst umrühren, wenn die unteren Pilze bereits gebräunt sind. Falls nötig mehr Olivenöl zugeben.

4 Champignons mit Marsala und Brühe aufgießen und kurz einköcheln lassen, bis die Sauce ein wenig eingedickt ist. Den Balsamico und die Sahne untermischen, die Schnitzelchen in die Sauce legen (Saft aus der Schale unbedingt dazugießen) und das Fleisch in 2–4 Min. bei geringer Hitze sanft gar ziehen lassen. Mit Salz und Pfeffer abschmecken, mit der Petersilie bestreuen. Sofort mit dem Weißbrot servieren.

TIPP Am besten eignet sich für die Scaloppine Kalbfleisch aus der Nuss oder Oberschale. Auch mit einem Meiserl (aus der Schulter) habe ich schon gute Ergebnisse erzielt. Wer lieber Schweinefleisch mag, kann sich vom Metzger auch dünne Scheiben aus der Schweinelende schneiden lassen.

Kann ein Rezept, das so wenig Aufwand erfordert – von den zu schnippelnden Pilzen einmal abgesehen –, so gut sein? Für mich gab es schon öfter das größtmögliche Kompliment, das man einer Köchin oder einem Koch machen kann: sauber geschleckte Teller. Wer nicht gänzlich auf seine guten Manieren verzichten möchte, der benutzt Weißbrot, um die letzten Reste der köstlichen Sauce aufzutunken, was in Ländern wie Italien auch absolut üblich ist. In Deutschland ist das laut angestaubtem Knigge übrigens immer noch nicht gern gesehen. Was für eine Verschwendung!

Aus drei meiner italienischen Lieblinge kann man mit wenigen Handgriffen ein himmlisches Dessert zaubern, das cremig, fruchtig UND knusprig ist. Man nehme vollreife Pfirsiche (solche, die man eigentlich nur über der Spüle unfallfrei essen kann), Cantuccini (harte Mandelkekse, die üblicherweise in Süßwein getunkt werden) und eine frisch aufgeschlagene Zabaione (klassische Weinschaumcreme). Italienischer geht's kaum.

CANTUCCINI-PFIRSICHE

FÜR 4 PERSONEN

FÜR DIE PFIRSICHE

2 große vollreife Pfirsiche
60 g Cantuccini
1 EL Zucker
¼ TL Meersalz
1 EL brauner Rum
30 g kalte Butter

FÜR DIE ZABAIONE

½ Bio-Zitrone (nach Belieben)
4 Eigelb (M oder L)
50 g Zucker
1 Prise Meersalz
90 ml Marsala

ZUM SERVIEREN

1 Handvoll Beeren (z. B. Johannisbeeren oder Himbeeren)

ZUBEREITUNGSZEIT: 55 Min.
PRO PORTION:
ca. 265 kcal, 3 g EW, 13 g F, 37 g KH

1 Den Backofen auf 200° vorheizen. Eine flache Auflaufform mit Backpapier auslegen. Pfirsiche waschen, halbieren und die Kerne entfernen. Die Pfirsichhälften mit den Schnittflächen nach oben in die Form setzen.

2 Die Cantuccini im Blitzhacker fein mahlen oder in einen Gefrierbeutel geben und mit einem Nudelholz fein zerkleinern. Mit Zucker, Salz, Rum und Butter entweder im Blitzhacker zu einer groben Paste mixen oder alles von Hand verkneten. Paste vierteln und jede Portion flach in die Vertiefung einer Pfirsichhälfte drücken. Im Ofen (Mitte) 30–40 Min. backen, bis die Füllung knusprig und gebräunt ist.

3 In der Zwischenzeit die Zabaione über einem heißen Wasserbad aufschlagen: Dazu eine große Metallschüssel in einen weiten Topf hängen, der nur 2–3 cm hoch mit Wasser gefüllt ist (das Wasser soll den Schüsselboden nicht berühren). Wasser bis knapp vor dem Siedepunkt erhitzen.

4 Die Zitrone heiß waschen, abtrocknen und ein wenig von der Schale (ca. ¼ TL) direkt in die Metallschüssel reiben. Eigelbe, Zucker und Salz dazugeben und mit einem Schneebesen oder den Quirlen des Handrührgeräts aufschlagen, bis sich der Zucker aufgelöst hat und eine helle Creme entstanden ist. Nun den Marsala dazugießen und die Creme mindestens 4 Min. weiterschlagen, bis sie deutlich an Volumen gewonnen hat und schaumig und dickflüssig geworden ist. Dann vom Wasserbad nehmen.

5 Die Zabaione auf Dessertschälchen verteilen und die heißen Pfirsiche vorsichtig hineinsetzen. Mit den Beeren garnieren.

TIPP Die Zabaione schmeckt auch kalt, dann muss man sie aber nach dem Aufschlagen über dem heißen Wasserbad noch auf Eis setzen und weiterschlagen, bis sie kalt ist. Wer sie dann gerne noch etwas luftiger hätte, kann bis zu 200 g geschlagene Sahne unterheben.

AMARETTI MORBIDI

FÜR 20–24 STÜCK
50 g Puderzucker
150 g gehäutete Mandeln
125 g gehäutete Pistazienkerne
140 g Zucker
knapp ½ TL Meersalz
2 Eiweiß (M, insgesamt 60–65 g)
1–2 TL Amaretto

ZUBEREITUNGSZEIT: 20 Min.
BACKZEIT: 18 Min.
PRO STÜCK (BEI 24):
ca. 100 kcal, 3 g EW, 6 g F, 9 g KH

1 Den Backofen auf 180° vorheizen und ein Backblech mit Backpapier auslegen. Den Puderzucker in eine kleine Schüssel füllen.

2 Die Mandeln und die Pistazienkerne im Blitzhacker oder in der Küchenmaschine fein mahlen. (Ich verwende den handlichen Zerkleinerer meines Pürierstabes, damit werden die Nüsse zwar etwas gröber gemahlen, aber ich schätze diese Konsistenz und das ausgeprägtere Aroma.) Beides mit Zucker und Salz vermischen.

3 Die Eiweiße in einer Schüssel mit einem Schneebesen schaumig, aber nicht steif schlagen, und Amaretto dazugeben. Die Mandelmischung mit einem Esslöffel gründlich untermengen, bis sich ein gleichmäßiger, leicht klebriger Teig gebildet hat. Davon gut walnussgroße Portionen abstechen (mit einem Eisportionierer von 4 cm Ø geht das besonders gut), behutsam zwischen den Handflächen zu Kugeln formen – das ist eine klebrige Angelegenheit! – und diese in dem Puderzucker wälzen, bis sie dick überzogen sind. Mit etwas Abstand auf das Blech setzen.

4 Im Ofen (Mitte) 16–18 Min. backen. Einen Keks behutsam anheben (sie sind jetzt noch sehr weich!) – die Amaretti sind fertig, wenn die Unterseite leicht gebräunt ist. Aus dem Ofen nehmen und auf dem Blech vollständig auskühlen lassen. Dann in eine luftdicht verschließbare Dose füllen, darin sind die Kekse bis zu 2 Wochen haltbar.

TIPP Klassisch werden Amaretti morbidi ausschließlich mit gehäuteten Mandeln zubereitet, aber die Hälfte der Mandelmenge lässt sich problemlos durch andere Nüsse ersetzen. Unschlagbar ist zwar die Kombination mit Pistazien, aber auch mit Hasel- oder Walnüssen (diese verleihen den Keksen aufgrund ihrer dünnen Haut eine leicht bittere Note) schmecken die Kekse unwiderstehlich. Und wer noch etwas schneller vom Gebäck naschen mag, nimmt einfach bereits fertig gemahlene Mandeln und Pistazien, statt selbst Hand anzulegen.

Ragusa im Süden Siziliens wurde uns wegen seiner barocken Bauwerke ans Herz gelegt. Aber das Schlendern durch die am Berg gelegenen Hinterhöfe und Gassen ist mir viel eindrucksvoller in Erinnerung geblieben. Einige Katzen dösten dort auf den geparkten Vespa-Rollern und des Öfteren wurden wir von älteren Menschen argwöhnisch beäugt – Touristen schienen sich selten in diesen Teil der Stadt zu verirren. Auf der Suche nach einer Espresso-Bar fanden wir uns in einer Pasticceria wieder, und ich kaufte reichlich Kekse als Wegzehrung für die anstehende Fahrt nach Siracusa. Zurück auf der Autobahn begann ich zu naschen und bereute sofort, nicht gleich die doppelte Menge besorgt zu haben. Besonders die an Amaretti morbidi erinnernden Pistazienkekse hatten es mir angetan, weil sie so sagenhaft saftig waren. Meine Version dieser Klassiker lässt sich mit den Nüssen aller Art zubereiten und ist bei meinen Freunden die unangefochtene Nummer 1 meiner süßen Mitbringsel.

Mythos

GRIECHENLAND

Stelios pikanter Frühstückskuchen, knusprige **Koulourakia mit Sesam,** ich packe meinen Koffer: Tipps für **Mitbringsel,** cremiger **Feta »Avissinia«,** traditionelle **Fisch-Reis-Zitronen-Suppe,** moderner **Weizensalat griechischer Art,** fangfrischer **Oktopussalat mit Kirschtomaten,** Verwandlungskünstler **buntes Ofengemüse,** gegrillte **Souvlaki, frittierte Calamari** zum Fingerabschlecken, butterzartes **geschmortes Lamm,** frische **Zitronen-Kräuter-Mousse.**

STELIOS FRÜHSTÜCKS-KUCHEN

FÜR 1 KASTENFORM (26 CM LÄNGE, CA. 16 STÜCKE)
50 g Hartkäse zum Reiben (z. B. Pecorino)
75 g Schafskäse (Feta)
75 g eingelegte Paprikaschoten
100 g durchwachsener Räucherspeck (in dünnen Scheiben)
10 schwarze Kalamata-Oliven (ohne Stein)
3 Anchovisfilets (in Öl)
3 Eier (M oder L)
75 ml mildes Olivenöl
□ l Milch
250 g Mehl (Type 550)
2 TL Backpulver
1 Prise Zucker
Meersalz
frisch gemahlener schwarzer Pfeffer

AUSSERDEM
Butter für die Form
Mehl für die Form

ZUBEREITUNGSZEIT: 15 Min.
BACKZEIT: 45 Min.
PRO STÜCK:
ca. 170 kcal, 7 g EW, 11 g F, 12 g KH

1 Den Backofen auf 200° vorheizen. Die Kastenform mit Butter einfetten und sorgfältig mit Mehl ausstreuen. Den Hartkäse reiben und den Feta nicht zu fein zerkrümeln. Die Paprikaschoten abtropfen lassen und ebenso wie den Speck klein würfeln. Oliven grob, Anchovisfilets fein hacken.

2 Die Eier in eine Schüssel geben und mit den Quirlen des Handrührgeräts kurz aufschlagen, dann das Olivenöl untermixen. Milch, Mehl und Backpulver dazugeben und unterrühren, bis ein glatter, zähflüssiger Teig entstanden ist. Vorbereitete Zutaten gleichmäßig untermengen und den Teig mit Zucker, Salz und Pfeffer würzig abschmecken. Teig in die Form füllen und im Ofen (Mitte) in 40–45 Min. goldbraun backen. Wird er zu dunkel, zwischendurch mit Backpapier abdecken.

3 Den Kuchen aus dem Ofen nehmen und 10 Min. in der Form abkühlen lassen, dann auf ein Kuchengitter stürzen und vollständig auskühlen lassen – wobei, lauwarm schmeckt er auch schon richtig gut …

TIPP Egal, ob fürs schnelle Frühstück unter der Woche oder als Mitbringsel zum Picknick, dieser Kuchen passt zu vielen Gelegenheiten. Und die Zutaten lassen sich immer wieder neu variieren, etwa mit anderen Käsesorten, gehacktem Grillgemüse, Kräutern, Trockenfrüchten, …

Wenn unsere Freunde Ada und George von einer Überraschung sprechen, muss man auf alles gefasst sein. George lenkte uns durch den dichten Athener Stadtverkehr, bevor wir vor einem unscheinbaren Gebäude hielten. Ada drehte sich zu uns um und meinte: »Wir gehen jetzt backen!« Nur Sekunden später standen wir in einer blitzblanken Luxusküche und wurden herzlich von ihrem Freund Stelios Parliaros empfangen. Wie gut, dass ich zu diesem Zeitpunkt noch nicht wusste, dass er ein Meister der Patisserie ist und sich unter anderem mit TV-Sendungen und Kochbüchern ein richtiges Imperium in Griechenland geschaffen hat, sonst wäre ich wahrscheinlich vor Ehrfurcht erstarrt. Wir verbrachten einen herrlichen Nachmittag mit unserem Lehrmeister. Es gab fruchtigen Ananaskuchen mit Olivenöl, sensationelle Mini-Törtchen und einen schnell zusammengerührten Kuchen mit Oliven und Feta. Eine Variante davon gehört mittlerweile zu meinem festen Repertoire.

Koulourakia steht übersetzt ganz schlicht für »Kekse« – und die gibt es in Griechenland in schier unzähligen Variationen, auch als traditionelle Osterkekse. Mal werden sie mit Cognac oder Ouzo aromatisiert, mal mit Orangensaft und Orangenzesten. Sie sind von der Konsistenz her recht fest, gerade perfekt, um sie in den Kaffee zu tunken. Auch beim Formen darf man sich austoben und den Teig zu Kringeln oder verdrehten Stangen schlingen – das macht richtig Spaß! Und das hat ihnen bei uns den Namen »Kordelkekse« eingebracht.

KOULOURAKIA MIT SESAM

FÜR 24–26 STÜCK

FÜR DEN TEIG

250 g Mehl
1 Msp. Backpulver
¼ TL Meersalz
100 g Zucker
25 g Vanillezucker
¼ TL Zimtpulver
125 g Butter
1 Ei (M)
1 EL Cognac (ersatzweise Ouzo, Rum oder Orangensaft)

ZUM BESTREICHEN UND BESTREUEN

1 Eigelb (M)
1 EL Milch
2 EL weiße Sesamsamen (nach Belieben)

AUSSERDEM

Mehl zum Arbeiten

ZUBEREITUNGSZEIT: 25 Min.
BACKZEIT: 22 Min.
PRO STÜCK (BEI 26):
ca. 95 kcal, 1 g EW, 5 g F, 12 g KH

1 Backofen auf 180° vorheizen, ein Backblech mit Backpapier auslegen. Mehl, Backpulver, Salz, Zucker, Vanillezucker und Zimt in einer Schüssel vermischen. Die Butter in Würfel schneiden, dazugeben (ist sie ganz hart, besser 5 Min. warten) und mit den Fingern in die trockenen Zutaten reiben, bis die erkennbaren Butterstückchen maximal Erbsengröße haben.

2 Das Ei und den Cognac miteinander verrühren und über die Zutaten in der Schüssel geben. Mit den Händen zügig zu einem geschmeidigen Teig verkneten. Ist der noch klebrig, esslöffelweise mehr Mehl einarbeiten.

3 Nach und nach walnussgroße Stücke von dem Teig abnehmen (wer identisch große Kekse schätzt, dem leistet hier ein Eiskugelportionierer mit 4 cm Ø gute Dienste) und auf der leicht bemehlten Arbeitsfläche zu 15–16 cm langen Rollen formen. Die beide Enden jeder Teigrolle zusammennehmen und in sich verdrehen, sodass kleine Kordeln entstehen, und mit etwas Abstand auf das Blech legen.

4 Zum Bestreichen das Eigelb mit der Milch verrühren und die Teigkordeln dünn damit einpinseln, dann nach Belieben noch mit dem Sesam bestreuen. Im Ofen (Mitte) goldbraun backen, das dauert 18–22 Min.

5 Das Blech aus dem Ofen nehmen, die Kekse vorsichtig auf ein Kuchengitter setzen und vollständig auskühlen lassen. Luftdicht verschlossen in einer Dose halten sie sich mehrere Wochen.

ICH PACKE MEINEN KOFFER

Griechenland ist mir primär wegen der unglaublich gastfreundlichen Menschen in Erinnerung geblieben. Aber es finden sich natürlich auch immer einige Sachen auf meiner Einkaufsliste, die unbedingt mit müssen. Und manchmal bekommt man sie sogar geschenkt …

Nach der Besichtigung der Athener Bäckerei Pnyka mussten wir tatsächlich noch eine extra Tasche kaufen. Georgios Kotsaris hatte es sich nicht nehmen lassen und uns eine riesige Box mit frischem Gebäck und Keksen als Wegzehrung geschenkt. Sowie einen 10-l-Kanister Olivenöl und einen Block Feta aus eigener Produktion. Selten hat mich etwas so sprachlos gemacht. Und entgegen meinen Befürchtungen ist alles bestens in Deutschland gelandet. Da fielen unsere eigenen Mitbringsel gar nicht mehr ins Gewicht!

FETA

Seit 2007 ist der Name »Feta« griechischem Salzlakenkäse aus Schafs- und Ziegenmilch vorbehalten (kontrollierte Herkunftsbezeichnung AOC = Appellation d'Origine Contrôlée) und jeder Grieche hat seine Meinung, wo es den besten Feta gibt. Empfehlungen verkosten und den eigenen Favoriten mitbringen.

MASTIX

Die weißlich-gelben Perlen von der Insel Chios werden aus dem Harz angeritzter Pistazienbäume gewonnen und in Heil- und Lebensmitteln weiterverarbeitet. Populär ist das recht spezielle, leicht harzige Aroma in Desserts, Süßigkeiten oder auch Gebäck. Wer den Geschmack gern einmal ausprobieren möchte, dem sei Mastix-Kaugummi empfohlen. Tipp: Mastix-Likör ist ein toller Digestif.

DIES UND DAS

Gewürze, getrocknete Kräuter (besonders Oregano, Lorbeerblätter, Safran; in Athen z. B. bei Elixir), Nüsse und Trockenfrüchte (besonders Pistazien), Kekse und Süßigkeiten, Bergtee, Keramik (nicht nur in blau-weiß), handgearbeitete Ledersandalen.

OLIVENPRODUKTE

Ob pur, verarbeitet zu Tapenade oder als Olivenöl – Oliven sind DAS beherrschende Thema bei Mitbringseln. Wer nichts aus Oliven mit nach Hause nimmt, der war nicht in Griechenland! Doch auch nicht essbare Varianten sind interessant: Schneidebretter aus Olivenholz sind nicht nur pflegeleicht, sondern auch dekorativ. Das Gleiche gilt für Kochlöffel. Ebenfalls gut: Kosmetikprodukte aus Olivenöl.

SPIRITUOSEN

Neben regionalen Spezialitäten wie Mastix-Likör (Mastika), Zimt-Likör (Tentura), Kumquat-Likör oder Zitronenblatt-Likör (Kitro) sind Ouzo (Schnaps aus Anis, Fenchel, Zimt, Mastix, Kräutern) und Metaxa allgegenwärtig. Die Metaxa-Sterne zeigen an, wie viele Jahre er mindestens in Eichenfässern gelagert wurde. 12 Sterne, Grand Fine (15 Jahre) und Private Reserve (30 Jahre) sind Raritäten.

HONIG

Das Land ist berühmt für seine 1 a Honig-Qualität und das Angebot ist groß. Sortenreine Honige (z. B. Pinien, Thymian, Salbei, Orangenblüten, Johannisbrotbaumblüten) stehen zur Wahl, ebenso wie ausgewogene Berg-, Wildkräuter- oder Blütenhonige aus bestimmten geografischen Lagen. Herausragend ist die Honigproduktion auf Kreta, wo qualitätsbewusste Produzenten und eine spezielle Vegetation für hocharomatischen Honig sorgen.

Der Sonntagsflohmarkt im Athener Viertel Monastiraki war voll mit Menschen und allerlei alten Schätzen – er versetzte mich schlagartig in Einkaufslaune. Ein paar handbemalte Teller und alte Schusterleisten hatten es mir besonders angetan. Aber bei den geforderten Preisen musste ich kräftig schlucken und wir zogen erst einmal weiter. Unsere Athener Freundin Effi hatte uns das Café »Avissinia« ans Herz gelegt, und sie lag goldrichtig. Das Personal war unglaublich herzlich, das mehrstöckige Lokal lud zum Verweilen ein und die Dachterrasse bot einen fantastischen Blick über die Stadt bis hinauf zur Akropolis. Und der gebackene Schafskäse war sogar so köstlich, dass ich die Zubereitung übernommen habe – mein Lebensretter-Abendessen-Rezept für kochfaule Tage.

FETA »AVISSINIA«

BLITZ-REZEPT

FÜR 1 PERSON (ZUM SATTESSEN) FÜR 2 PERSONEN (ALS SNACK),

1 dicke Scheibe Schafskäse (Feta, ca. 200 g)
2–3 EL griechischer Sahne-Naturjoghurt
2–3 EL Olivenöl
1–2 TL Pul biber (ersatzweise Paprikapulver)
½ Chilischote (nach Belieben)

ZUM SERVIEREN

Fladenbrot oder Weißbrot

ZUBEREITUNGSZEIT: 10 Min.
BACKZEIT: 12 Min.
PRO PORTION (BEI 2):
ca. 395 kcal, 17 g EW, 35 g F, 2 g KH

1 Den Backofen auf 200° vorheizen. Den Feta mit einer Gabel gründlich zerbröseln, dann den Joghurt und 1 EL Olivenöl unterrühren. Den Feta-Joghurt fingerdick auf einen hitzebeständigen Teller oder in eine flache Auflaufform streichen und mit Pul biber bestreuen.

2 Wer es gern richtig scharf mag, der kann noch die Chilischote waschen, fein hacken und auf dem Feta-Joghurt verteilen. Mit dem übrigen Olivenöl beträufeln und im Ofen (Mitte) 12–14 Min. backen, die Oberfläche brutzelt dann schon ein wenig.

3 Den Feta »Avisinnia« aus dem Ofen nehmen und sofort servieren – mit Fladenbrot oder Weißbrot (draufstreichen oder eintunken). Dazu schmeckt auch noch ein knackiger Salat.

TIPP Da dieses Rezept nur wenige Zutaten braucht, sollten diese von bester Qualität sein. Also den Feta nicht unbedingt durch die deutsche Kuhmilch-Variante aus dem Supermarkt ersetzen. Kleine griechische oder türkische Lebensmittelgeschäfte haben meist sogar verschiedene Sorten Feta oder Salzlakenkäse offen im Angebot.

FISCH-REIS-ZITRONEN-SUPPE

FÜR 4–6 PERSONEN
1 Schalotte
1 Stange Staudensellerie (nach Belieben)
1 Möhre (nach Belieben)
½ Bund Petersilie
300 g Kabeljaufilet
3–4 EL Olivenöl
1 ¼ l Gemüsebrühe
125 g Risotto-Reis (z. B. Arborio)
2 Eier (L)
1 Eigelb (L)
3–4 EL Zitronensaft
Meersalz
frisch gemahlener schwarzer Pfeffer

ZUBEREITUNGSZEIT: 10 Min.
GARZEIT: 22 Min.
PRO PORTION (BEI 6):
ca. 220 kcal, 13 g EW, 10 g F, 18 g KH

1 Die Schalotte schälen und sehr fein würfeln. Sellerie und Möhre – falls man beides verwendet – waschen und putzen oder schälen und in kleine Würfel schneiden. Die Petersilie abbrausen, trocken schütteln und die Blättchen fein hacken. Das Kabeljaufilet waschen, trocken tupfen und in mundgerechte Stücke schneiden.

2 In einem Topf 2 EL Olivenöl erhitzen. Darin die Schalotte mit Sellerie oder Möhre (falls verwendet) bei mittlerer Hitze andünsten. Mit Gemüsebrühe ablöschen, zum Kochen bringen und den Reis einrieseln lassen. Dann zugedeckt köcheln lassen, bis die Reiskörner noch gut Biss haben (15–17 Min.). Nun die Hitze reduzieren, die Fischstücke zur Suppe geben und noch 4–5 Min. mitgaren lassen.

3 Die Eier und das Eigelb in einer kleinen Schüssel aufschlagen und mit dem Zitronensaft verrühren. 1 Schöpfkelle heiße Suppe sehr langsam einrühren, die Eier dürfen dabei nicht stocken (das kann schnell passieren, wenn zu viel der heißen Suppe auf einmal dazugegeben wird). Nun die Suppe vom Herd ziehen und die Eiermischung langsam unter Rühren in die Suppe gießen. Ab diesem Zeitpunkt darf die Suppe nicht mehr kochen.

4 Die Petersilie unter die Suppe rühren (ein bisschen was fürs Finish zurückbehalten), mit Salz und Pfeffer abschmecken. Die Suppe auf Suppenteller verteilen, mit der zurückbehaltenen Petersilie bestreuen und noch das übrige Olivenöl darüberträufeln. Servieren.

FANG-FRISCH

OKTOPUSSALAT
MIT KIRSCHTOMATEN

FÜR 4–6 PERSONEN
1 küchenfertiger Oktopus (800–900 g, frisch oder aufgetaute TK-Ware)
Meersalz
300 g gelbe Kirschtomaten
2 Schalotten
2 Frühlingszwiebeln
1 rote Chilischote
3–4 Stängel Dill
2 Stängel Petersilie
60–75 ml Olivenöl
3–4 EL Weißweinessig oder Zitronensaft
frisch gemahlener schwarzer Pfeffer

ZUBEREITUNGSZEIT: 20 Min.
GARZEIT: 30 Min.
AUSKÜHLZEIT: 3 Std.
PRO PORTION (BEI 6):
ca. 260 kcal, 22 g EW, 18 g F, 2 g KH

Oktopus in der eigenen Küche zu kochen kostet beim ersten Mal vielleicht Überwindung. Dabei könnte die Zubereitung nicht simpler sein. Auch ohne Weichklopfen an einem griechischen Felsen und ohne Mitkochen von Weinkorken (ein verbreiteter Mythos) kann man den Achtarm butterzart hinbekommen. So wie es das Athener Lokal »Sardelles« schafft, das mich zu diesem Salat inspiriert hat.

1 Für den Oktopus in einem großen Topf reichlich Salzwasser erhitzen, sodass nur wenige Bläschen aufsteigen – das Wasser sollte die gesamte Zubereitung über unter 85° haben und keinesfalls sprudelnd kochen (sonst wird der Oktopus zäh). Fangarmkranz hochnehmen und Tentakeln mehrfach für 3–5 Sek. ins heiße Wasser tauchen, sie werden dadurch temperiert und beginnen sich aufzurollen. Oktopus ins Wasser geben und zugedeckt 20–30 Min. garen. Wenn er sich mit einem spitzen Messer leicht anstechen lässt, vom Herd nehmen und 3 Std. im Sud auskühlen lassen.

2 Den Oktopus ungehäutet klein schneiden. Fangarme vom Körper abschneiden, dicke Tentakelteile in dünne Scheiben, dünne Tentakelteile in mundgerechte Stücke schneiden. Den oft zähen Körper entsorgen.

3 Tomaten waschen und vierteln. Schalotten schälen, Frühlingszwiebel waschen und putzen, beides in feine Ringe schneiden. Chili waschen und fein hacken. Die Kräuter abbrausen, trocken schütteln und die Blättchen fein schneiden. Alles mit dem Oktopus vermischen und den Salat mit Olivenöl, Essig oder Zitronensaft, Salz und Pfeffer abschmecken.

BUNTES OFENGEMÜSE

FÜR 4 PERSONEN

FÜR DAS OFENGEMÜSE

1–1,2 kg gemischtes Gemüse (z. B. Auberginen, Kartoffeln, Süßkartoffeln, Möhren, rote Zwiebeln)
200 g Halloumi (auch fein: Feta)
1 Handvoll schwarze Kalamata-Oliven (ohne Stein)
75 g Walnüsse
2 TL gemahlener Kreuzkümmel
1 TL gemahlener Koriander
1 TL Zimtpulver
½ TL Chilipulver
1 TL Meersalz
2 TL weiße Sesamsamen
4 EL Olivenöl
1 EL Honig

FÜR DAS TSATSIKI

1 große Salatgurke
½ Bund Dill
500 g griechischer Sahne-Naturjoghurt
2 Knoblauchzehen
2–3 TL Zitronensaft
2 EL Olivenöl
Meersalz
frisch gemahlener schwarzer Pfeffer

ZUBEREITUNGSZEIT: 25 Min.
BACKZEIT: 40 Min.
PRO PORTION:
ca. 750 kcal, 23 g EW, 55 g F, 41 g KH

1 Den Backofen auf 200° vorheizen. Gemüse schälen oder waschen und putzen. Die Auberginen und (Süß-)Kartoffeln in 2–3 cm große Stücke, die Möhren in 1 cm dicke Scheiben schneiden. Zwiebeln schälen, halbieren und in 1 cm breite Spalten schneiden. Halloumi in mundgerechte Würfel, Oliven in grobe Stücke schneiden. Walnüsse grob hacken. Alle Gewürze, Salz und Sesam in einer kleinen Schüssel vermischen.

2 Das Gemüse und die Zwiebeln auf einem tiefen Backblech verteilen. Olivenöl und Honig darüberlaufen lassen und Gewürzmischung darüberstreuen. Alles sehr gut vermengen (am besten mit den Händen), bis das Gemüse gleichmäßig mit den Gewürzen überzogen ist. Im Ofen (Mitte) insgesamt 35–40 Min. braten, bis das Gemüse gar ist. Dabei gelegentlich umrühren und nach ca. 25 Min. Walnüsse und Oliven dazugeben. Nach weiteren 5 Min. die Grillfunktion zuschalten, die Temperatur auf 240° hochdrehen und den Halloumi für die letzten Min. auf dem Gemüse verteilen. Dann nicht mehr aus den Augen lassen, damit nichts verbrennt.

3 Für das Tsatsiki Gurke waschen, putzen, längs halbieren und mit einem Teelöffel die Kerne herauskratzen. Die Gurke nicht zu grob gleich in eine Schüssel raspeln (für eine dickcremige Konsistenz des Tsatsikis das austretende Gurkenwasser noch abgießen, wer es flüssiger mag, verwendet es mit). Den Dill abbrausen, trocken schütteln und die Spitzen fein hacken. Mit Joghurt in die Schüssel geben. Knoblauchzehen schälen und dazupressen, Zitronensaft und Olivenöl dazugeben. Alles gut vermischen. Mit Salz und Pfeffer abschmecken. Tsatsiki bis zum Servieren kalt stellen.

4 Fertiges Gemüse aus dem Ofen holen und auf Teller verteilen, das Tsatsiki daneben anrichten. Oder auch das Backblech mit dem Gemüse und die Tsatsikischüssel auf den Tisch stellen, sodass sich jeder selbst davon nehmen kann.

Ofengemüse steht fast wöchentlich auf unserem Speiseplan, da es sich ausgezeichnet zur Verwendung von stiefmütterlich behandelten Gemüse-Überbleibseln eignet. Das sich übers Jahr wandelnde Gemüseangebot (im Herbst und Winter sind etwa Kürbis, Rote Bete und Lauch sehr fein) bietet dabei Abwechslung. Oder man trimmt das Gemüse länderspezifisch, also mit typischen Zutaten und Gewürzen, um zu variieren. Das Besondere bei dieser griechischen Version sind die knusprigen Walnüsse und der »quietschige« Halloumi-Käse.

ΡΟΔΙ
0,99

SCHILDKRÖTEN KÖNNEN DIR MEHR ÜBER DEN WEG ERZÄHLEN ALS HASEN.

CHINESISCHE WEISHEIT

SOUVLAKI

FÜR 4 PERSONEN
700–800 g Schweinefleisch
2 Knoblauchzehen
1 weiße Zwiebel
2 Bio-Zitronen
2 TL getrockneter Oregano
1 TL Zimtpulver
½ TL Fenchelsamen
1–1½ TL gemahlener Kreuzkümmel
Meersalz
frisch gemahlener schwarzer Pfeffer
75–100 ml Olivenöl
1 große rote Zwiebel
AUSSERDEM
8–12 Fleischspieße aus Holz oder Metall

ZUBEREITUNGSZEIT: 40 Min.
MARINIERZEIT: 1 Std.
PRO PORTION:
ca. 450 kcal, 44 g EW, 29 g F, 2 g KH

1 Das Schweinefleisch in ca. 3 cm große Würfel schneiden und in eine Schüssel geben. Den Knoblauch und die weiße Zwiebel schälen und entweder sehr fein hacken oder fein reiben. Zitronen heiß waschen und abtrocknen, 1 Zitrone halbieren und eine Hälfte auspressen (2 EL Saft), den Rest in ½ cm dicke Scheiben schneiden und diese vierteln.

2 Zwiebel-Knoblauch-Mix mit dem Fleisch vermengen. Zitronensaft mit Gewürzen, Salz und Pfeffer ebenfalls unter das Fleisch mischen. Dann so viel Olivenöl dazugießen, dass das Fleisch damit gerade gleichmäßig umhüllt ist. Abgedeckt bei Raumtemperatur mindestens 1 Std. marinieren lassen. (Man kann das Fleisch aber auch morgens einlegen und im Kühlschrank durchziehen lassen, um es abends zu braten. Dann aber rechtzeitig aus dem Kühlschrank holen und Raumtemperatur annehmen lassen.)

3 Die rote Zwiebel schälen, längs halbieren und jede Hälfte nochmals quer halbieren, dann die einzelnen Schichten auseinanderblättern. Abwechselnd immer wieder 1 Zwiebelstück, 1–2 Fleischstücke, 1 Zitronenstück, 1–2 Fleischstücke eng, aber nicht gepresst auf die Spieße stecken. Spieße mit wenig Olivenöl beträufeln.

4 Eine große gusseiserne Grillpfanne stark erhitzen. Die Spieße ohne zusätzliches Fett hineinlegen und auf jeder der vier Seiten 1–2 Min. scharf anbraten (so lange auf einer Seite liegen lassen, bis das Fleisch deutliche Grillspuren aufweist). Fertige Souvlaki gleich servieren, etwa mit Salat und Tsatsiki (siehe S. 136). Und wer mag, träufelt noch etwas Zitronensaft auf die gebratenen Spieße.

TIPP Traditionell werden Souvlaki mit durchwachsenem Schweinefleisch zubereitet (z. B. Schweinebauch, Oberschale oder Nacken), wer es aber gern ein wenig feiner mag, für den darf es auch mageres Fleisch wie Filet oder Kotelett sein. Dann nur keinesfalls zu lange braten, sonst werden die Spieße trocken. Ebenfalls fein: Hähnchen- oder Lammfleisch.

Auf dem Rückweg nach Athen schlug unser Freund George noch einen kurzen Stop in Piräus vor. Aber kaum saßen wir in einem Restaurant am Hafen, ging das alte Spiel los: Um sicher zu gehen, dass wir auch keine griechische Köstlichkeit verpassen, bestellte seine Frau einmal kreuz und quer durch die Karte – und schon nach kurzer Zeit türmten sich die Teller auf dem Tisch. Und ich war einmal mehr davon fasziniert, wie unproblematisch ihre kleinen Töchter beim Thema Essen waren, egal ob Oktopus vom Grill oder Muscheln, alles wurde mit großem Entzücken verzehrt. Mich begeisterten besonders die Souvlaki-Spieße, die eher untypisch mit allerlei Gewürzen abgeschmeckt waren – einfach zum Niederknien!

FRITTIERTE CALAMARI

Den ersten Kontakt mit Meeresfrüchten hatte ich auf der Geburtstagsfeier einer Schulfreundin, es gab frittierte Tintenfischringe, die man damals als TK-Ware beim Lieferservice bestellte. »Gummiringe mit Panade« hätte das Ganze wahrscheinlich treffender beschrieben, weswegen ich auch wenig begeistert nur etwas von der Panade abknabberte. Griechischen Freunden meiner Eltern sei Dank gab ich Calamari Jahre später noch mal eine Chance und wurde nicht enttäuscht – butterzart und superkross, so können sie nämlich auch schmecken.

FÜR 2 PERSONEN (ZUM SATTESSEN)
FÜR 4 PERSONEN (ALS SNACK)

- 500 g Calamari (küchenfertig, mit oder ohne Tentakeln)
- 1 Ei (L)
- 100 ml Milch
- 75 g Mehl (Type 550)
- 75 g Kartoffelstärke (ersatzweise Maisstärke)
- 2 TL Meersalz
- 1 TL fein gemahlener schwarzer Pfeffer
- ½ TL edelsüßes Paprikapulver
- 1 l Pflanzenöl zum Frittieren

ZUBEREITUNGSZEIT: 20–30 Min.
RUHEZEIT: 30 Min.
PRO PORTION (BEI 4):
ca. 345 kcal, 25 g EW, 14 g F, 30 g KH

1 Die Calamari-Tuben gründlich unter fließendem Wasser waschen, abtropfen lassen und trocken tupfen. Tuben von der Haut befreien (Bild 1) und in fingerdicke Ringe schneiden (Bild 2), die Tentakeln ganz lassen.

2 Ei in einer großen Schüssel mit der Milch verschlagen, dann Calamari-Ringe und Tentakeln dazugeben und vermengen, bis sie rundherum mit der Eiermilch überzogen sind. Abdecken und 30 Min. ziehen lassen, dann die Calamari in ein Sieb gießen und gut abtropfen lassen.

3 Mehl, Stärke, Salz, Pfeffer und Paprikapulver in einer großen Schüssel vermengen. In einen weiten Topf oder einen Wok mindestens 3 cm hoch Öl gießen und auf 180° erhitzen (die Temperatur mit einem Küchenthermometer messen oder einen Holzkochlöffel ins Öl halten, es steigen dann sofort Bläschen auf). Nach und nach je 1 Handvoll Calamari in der Mehlmischung wenden, bis sie rundherum damit überzogen sind. Dann in ein Sieb legen und überschüssiges Mehl (über der Mehlschüssel) abklopfen.

4 Die Calamari sofort frittieren (aber nie zu viele gleichzeitig, sonst sinkt die Temperatur des Öls zu stark ab und sie werden nicht richtig knusprig). Dazu behutsam ins Öl geben – ich fädle sie gerne auf einen Kochlöffelstiel auf und lasse sie dann ins Öl rutschen (Bild 3). In 1–2 Min. goldbraun frittieren, dabei wenden. Mit einem Schaumlöffel herausheben, auf Küchenpapier entfetten. Unbedingt servieren, solange sie heiß und knusprig sind.

TIPP Butterzart und kross brauchen Calamari eigentlich nichts weiter als etwas Zitronensaft. Wer trotzdem einen Dip dazu reichen will: Mayonnaise (siehe S. 218 oder gekauft) mit Pesto oder Knoblauch abschmecken.

WIE DAS DUFTET

GESCHMORTES LAMM

FÜR 4–6 PERSONEN
2 rote Zwiebeln
2 Knoblauchzehen
1 kg Lammfleisch (Schulter oder Keule)
4–5 EL Olivenöl
1 Zimtstange
1–1 ½ TL Pimentpulver
2 Lorbeerblätter
1 Dose geschälte Tomaten (800 g Inhalt)
¾ l Fleisch- oder Gemüsebrühe
Meersalz
frisch gemahlener schwarzer Pfeffer
300 g Kritharaki-Pasta (griechische reisförmige Nudeln)
2 EL Butter
1–2 EL frisch geriebener Kefalotyri (griechischer Hartkäse, nach Belieben, ersatzweise Pecorino)

ZUBEREITUNGSZEIT: 45 Min.
GARZEIT: 1 Std. 20 Min.
PRO PORTION (BEI 6):
ca. 555 kcal, 40 g EW, 24 g F, 41 g KH

1 Den Backofen auf 200° vorheizen. Zwiebeln schälen und fein hacken. Knoblauch schälen. Das Lammfleisch in 3–4 cm große Würfel schneiden, dabei überschüssiges Fett und Sehnen entfernen. In einem (gusseisernen) Bräter nach und nach 1 EL Olivenöl erhitzen und darin das Lammfleisch in drei Portionen kurz rundherum scharf anbraten, bis es bräunt und sich leicht vom Boden löst. Fleisch herausnehmen und in eine Schale geben.

2 Falls nötig übriges Olivenöl im Bräter erhitzen, dann die Zwiebeln mit Zimtstange, Piment, Lorbeerblatt und den ganzen Knoblauchzehen sanft glasig andünsten. Dosentomaten samt Saft hinzufügen (ich zerdrücke dabei die Tomaten mit der Hand und entferne auch gleich die Stielansätze), mit Brühe aufgießen und alles zum Kochen bringen. Das Fleisch samt ausgetretenem Saft dazugeben, mit Salz und Pfeffer würzen (wer mag, nimmt auch noch etwas mehr Piment oder Zimt) und im geschlossenen Bräter mindestens 1 Std. im Ofen (Mitte) schmoren lassen.

3 Sobald man das Lammfleisch mithilfe eines Kochlöffels zerteilen kann, die Pasta zusammen mit der Butter über dem Eintopf verteilen und unterrühren. Falls der Eintopf zu trocken erscheint, etwas Wasser (oder Brühe) zugießen. Den Eintopf weitere 15–20 Min. zugedeckt im Ofen garen.

4 Die Zimtstange und das Lorbeerblatt aus dem Bräter nehmen und das geschmorte Lamm abschmecken – etwa mit dem Kefalotyri (dient als Salzersatz), dann servieren.

TIPP Die griechische Pasta in Reisform hat je nach Herkunftsort verschiedene Bezeichnungen, man bekommt sie im Handel unter den Namen Orzo, Risoni oder Kritharaki.

Der beste Moment bei diesem Gericht? Wenn Zimt und Piment mit den Zwiebeln angedünstet werden und sich ein unbeschreibliches Aroma in meiner Küche ausbreitet. Wer diese Gewürze liebt, der darf hier gerne aus dem Vollen schöpfen, mein Freund verlangt regelmäßig »unbedingt noch mehr Zimt!«. Anstelle von Lammfleisch eignet sich auch Rind – wobei es immer wichtig ist, das Fleisch so lange zu schmoren, bis es sich mit einem Löffel zerdrücken lässt. Die Zubereitungsart dieses Gerichts ist ein guter Kompromiss zwischen zartem Fleisch und relativ kurzer Schmorzeit. Wer Zeit und Lust hat, der kann die Ofentemperatur deutlich herunterschrauben (100–120°), dann wird sich die reine Schmorzeit des Fleisches zwar mindestens verdoppeln, das Fleisch dafür aber butterzart.

ZITRONEN-KRÄUTER-MOUSSE

FÜR 6 PERSONEN
1 ½ Blatt weiße Gelatine
200 g griechischer Sahne-Naturjoghurt
100 g Zucker
4 Stängel Minze
4 Stängel Basilikum
2 Zitronen
200 g Sahne
200 g Beeren (z. B. Himbeeren, Brombeeren, Heidelbeeren), Kirschen und/oder Mini-Kiwis

ZUBEREITUNGSZEIT: 20 Min.
KÜHLZEIT: 4 Std.
PRO PORTION:
ca. 225 kcal, 3 g EW, 14 g F, 23 g KH

1 Die Gelatine in einer kleinen Schüssel mit kaltem Wasser 10 Min. einweichen. Den Joghurt mit dem Zucker verrühren und kurz stehen lassen, der Zucker löst sich dabei auf.

2 Die Minze und das Basilikum abbrausen, trocken schütteln und die Blättchen abzupfen, es sollten insgesamt 10 g sein. Zitronen auspressen und 60 ml Saft abmessen. Die Kräuterblättchen und den Zitronensaft in einen hohen Mixbecher geben und mit dem Pürierstab fein zerkleinern.

3 Einen kleinen Topf auf den Herd stellen, die Gelatine tropfnass hineingeben und bei geringer Hitze schmelzen. Sofort vom Herd nehmen und 2 EL von der Joghurtcreme dazugeben, glatt rühren. Dann die angerührte Gelatine gründlich unter die Joghurtcreme rühren, ebenso das Zitronen-Kräuter-Püree.

4 Die Sahne nicht ganz steif schlagen (sie soll noch zäh fließen). Erst ein Drittel davon unter die Joghurtcreme rühren, dann den Rest behutsam unterheben, damit die Mousse schön luftig bleibt.

5 Die Beeren, falls nötig, waschen und trocken tupfen. Kirschen waschen, entstielen und entkernen. Die Kiwis waschen und halbieren. Gut die Hälfte des Obsts auf Gläser verteilen, dann die Mousse darübergießen und die Gläser – wenn nötig – behutsam auf den Tisch stoßen, damit eventuell vorhandene Luftbläschen aus der Mousse entweichen.

6 Die Gläser abdecken und die Mousse für mindestens 4 Std. in den Kühlschrank stellen und fest werden lassen. Mit den restlichen Beeren, Kirschen und/oder Kiwis dekorieren.

TIPP Die Zitronen-Kräuter-Mousse kann auch bestens mit anderen Früchten kombiniert werden, fein sind etwa Pfirsiche, Melonen oder Orangen. Einfach mal testen!

Bei frischen Kräutern denkt man nicht zuallererst an ein süßes Dessert. Aber mit den richtigen Zutaten kombiniert, wird daraus eine fruchtig-säuerliche Mousse, die jedem Sommermenü Ehre macht. Etwaige Vorurteile über Bord werfen und ausprobieren!

TÜRKEI

Ofenfrische **Nuss-Tahini-Schnecken, Handes** scharf-pikantes **Muhammara,** ich packe meinen Koffer: Tipps für **Mitbringsel,** ganz traditionell: **Ezos Brautsuppe,** knusprige dillfrische **Zucchiniküchlein,** türkische **Gastfreundschaft, Bulgursalat »Kisir«** für Feinschmecker, blitzschnell gemachter **Bohnensalat »Piyaz«, Beates** gefüllte **Dolma,** ganz simpel: **Börek »Freestyle«,** türkische **scharfe Pasta mit Joghurt, Lahmacun** aus der Hand, süßes **Irmik helvasi.**

NUSS-TAHINI-SCHNECKEN

FÜR 10–12 SCHNECKEN

FÜR DEN TEIG

400 g Mehl
½ Würfel Hefe (ca. 20 g)
175 ml Milch
70 g weiche Butter (+ etwas mehr zum Fetten der Form)
50 g Zucker
½ TL Meersalz
1 Ei (M)

FÜR DIE FÜLLUNG UND ZUM BESTREICHEN

100 g Walnüsse
2 TL Zimtpulver
75 g Butter
75 g Tahini (Sesampaste)
2 EL Honig
50 g Zucker
2 EL Aprikosenkonfitüre

AUSSERDEM

Mehl zum Arbeiten
1 Springform (24–26 cm Ø)

ZUBEREITUNGSZEIT: 40 Min.
RUHEZEIT: 1 Std. 40 Min.
BACKZEIT: 28 Min.
PRO STÜCK (BEI 12):
ca. 365 kcal, 7 g EW, 20 g F, 38 g KH

1 Das Mehl in die Schüssel der Küchenmaschine geben (oder alternativ den Teig von Hand verkneten), eine Mulde hineindrücken und die Hefe hineinkrümeln. Milch lauwarm erhitzen und ein Drittel davon über die Hefe gießen, umrühren. Den Vorteig 15 Min. abgedeckt gehen lassen.

2 Dann übrige Milch, Butter, Zucker, Salz und Ei zum Mehl geben und alles mit dem Knethaken bei mittlerer Geschwindigkeit in 5–7 Min. zu einem leicht klebrigen Teig verarbeiten. Mit bemehlten Händen zur Kugel formen, abdecken und in ca. 1 Std. zur doppelten Größe aufgehen lassen.

3 Für die Füllung die Walnüsse nicht zu fein hacken. Eine Pfanne erhitzen, Nüsse hineingeben, mit Zimt bestäuben und 3–4 Min. anrösten, dann auf einem Teller abkühlen lassen. Butter schmelzen, 2 EL für später beiseitestellen. Topf vom Herd nehmen, Tahini und Honig unter die Butter rühren.

4 Den Boden der Springform mit Backpapier auslegen, Rand mit Butter einfetten. Den Teig auf die bemehlte Arbeitsfläche geben und mit Mehl bestäuben. Behutsam flach und in eine rechteckige Form drücken, dann mit dem Nudelholz zu einem Rechteck (ca. 35 × 50 cm) ausrollen. Gleichmäßig mit der Tahini-Butter bestreichen (rundherum ca. 1 cm Rand frei lassen), Walnüsse darauf verteilen und mit dem Zucker bestreuen. Teigplatte von der Längsseite her dicht aufrollen, die ungefüllten Endstücke gut fingerbreit abschneiden (entsorgen) und die Rolle in 10–12 gleich große, ca. 4 cm breite Schnecken schneiden.

5 Den Backofen auf 200° vorheizen. Die Schnecken mit Abstand (1–2 cm) in die Springform setzen, mit der beiseitegestellten Butter bepinseln und abgedeckt 20–25 Min. gehen lassen. Dann im Ofen (2. Schiene von unten) in 24–28 Min. goldbraun backen.

6 Aprikosenkonfitüre durch ein Sieb streichen, mit 1 EL Wasser erhitzen und glatt rühren. Schnecken aus dem Ofen nehmen und noch heiß mit der Konfitüre einpinseln. Am besten schmecken sie noch leicht warm.

Wir hatten kiloweise Nüsse und Trockenfrüchte aus Istanbul mit nach Hause gebracht und ich wollte für ein türkisches Rezept den allerletzten Rest dieser sagenhaften Walnüsse verwenden – so wurde mein Standard-Zimtschnecken-Rezept kurzerhand mit gehackten Walnüssen, Tahini (Sesampaste), Honig und Zimt veredelt. Stolz schrieb ich meiner Freundin Hande von meiner neuen Kreation. »Google mal Tahinli çörek!« kam postwendend zurück. Hätte ich mir ja eigentlich denken können, dass so was Leckeres schon längst erfunden war!

Meine Freundin Hande und ich können herrlich über die Authentizität von Rezepten diskutieren. Vor allem – aber nicht nur – bei türkischen Rezepten gibt es keine bessere Ratgeberin für mich. Mit einer Engelsgeduld erklärt sie mir, warum das Baklava aus Gaziantep das beste ist, welche Kniffe ich bei Dolma beachten muss. Und sie versorgt mich immer wieder mit Gewürzen aus ihrer Heimat. Beim türkischen Dip Muhammara ist sie meist amüsiert, haben doch viele Varianten, die von diesem Rezept existieren, nicht mehr viel mit dem Original gemeinsam. Weshalb sie mir großzügigerweise das Rezept ihrer Familie verraten hat.

HANDES MUHAMMARA

FÜR 2 GLÄSER (JE 300–400 ML)
1 ½ TL Pul biber
4 rote Spitzpaprika (ca. 350 g)
4 Scheiben Zwieback
225 g Walnüsse
100 ml Olivenöl
1 EL Granatapfelsirup
1 TL gemahlener Kreuzkümmel
1 TL Meersalz

ZUBEREITUNGSZEIT: 20 Min.
PRO GLAS: ca. 1415 kcal, 22 g EW, 122 g F, 55 g KH

1 Das Pul biber in 1 EL Wasser einweichen. Die Paprikaschoten halbieren, putzen, waschen und grob hacken. Den Zwieback grob zerbröseln und mit den Paprika, 200 g Walnüssen und 75 ml Olivenöl in der Küchenmaschine oder mit einem Pürierstab zerkleinern – dabei soll allerdings keine feine und gleichmäßige Paste entstehen, kleine (!) Stückchen und ein wenig Biss sind absolut erwünscht.

2 Die zurückbehaltenen Walnüsse nicht zu fein hacken (die sorgen für Extra-Crunch) und mit dem Granatapfelsirup unter die Paste rühren. Ist die Paste zu fest, noch etwas Olivenöl untermengen. Mit Pul biber, Kreuzkümmel und Salz würzig abschmecken (die angegebenen Gewürzmengen sind nur ein erster Richtwert, ich verwende meist ein wenig mehr).

3 Die Paste in gründlich gesäuberte Gläser füllen und gut verschließen. Muhammara hält sich problemlos 1 Woche im Kühlschrank und wird dabei von Tag zu Tag besser.

TIPP Muhammara wird ausschließlich als Dip, Brot- oder Toastaufstrich verwendet, im Südosten der Türkei gehört es sogar unbedingt zu einem traditionellen Frühstück.

ICH PACKE MEINEN KOFFER

Schlendert man in der Türkei über die zahlreichen Märkte und Bazare, dann sind die guten Vorsätze, nichts zu kaufen, recht schnell dahin – das Angebot ist überwältigend. Sehr gut in Erinnerung geblieben sind mir vor allem Märkte in Istanbul. Nun, wonach sollte man hier Ausschau halten?

GEWÜRZE

Auch wenn viele Gewürze inzwischen bei uns verfügbar sind, mit der Qualität und der Frische vor Ort können sie selten mithalten. Ein Muss sind Kreuzkümmel, Pul biber (getrocknete rote Flocken von Paprika oder Chili – universell einsetzbar), Isot (fermentierte dunkle Paprikaflocken – für BBQ, Fleisch und Saucen), Sumach (säuerliches dunkles Gewürz der Essigbaumfrucht – für Salate und Fleisch) sowie schwarze Pfefferkörner und getrocknete Minze aus Antep (sehr empfehlenswerter kleiner Gewürzfachhandel: Ulas Baharat, Kadiköy Çarsisi).

SÜSSES

Die Türkei ist der Himmel auf Erden für richtige Naschkatzen, bei **HELVA** (Tahin helvasi wird in Blockform verkauft, besteht aus Sesam und Zucker, optional noch anderen Nüssen und Kakao), **BAKLAVA** (Filoteiggebäck mit unterschiedlichen Nusssorten und Zuckersirup) und **LOKUM** (kleine Würfel aus Zuckersirup, gelierter Stärke, Aromen, Nüssen und anderen Zutaten) bleiben kaum Wünsche offen (wer den Kadiköy Çarsisi besucht, sollte es unbedingt bei Sekerci Cafer Erol Lokum kaufen, Tipp: mit Nüssen und mit Schokolade überzogen).

TROCKENFRÜCHTE & NÜSSE

Unbedingt probieren und mitnehmen sollte man ungeschwefelte Aprikosen aus Malatya, getrocknete Feigen, **LEBLEBI** (eine Knabberei aus geröstete Kichererbsen), Haselnüsse von der Schwarzmeerküste sowie Pistazien aus Antep. Oder **CEVIZLI SUCUK**, eine wurstförmige Süßigkeit aus aufgefädelten Walnüssen, die mit Traubensirup überzogen wurden.

EINE KLEBRIGE ANGELEGENHEIT

PEKMEZ, ein dicker, dunkler, fruchtig-süßer Sirup aus Früchten, meist aus Weintrauben, der als Brotaufstrich dient und auch optimal mit Tahini (Sesampaste) gemischt werden kann. Hat den Ruf, ein sehr guter Energielieferant zu sein. Der süßsäuerliche **GRANATAPFELSIRUP** (Nar Eksisi) ist nicht nur in der türkischen Küche, sondern im gesamten Mittleren Osten sehr präsent. Dient zum Abschmecken von Fleischgerichten, Salaten, Dolma und einigem mehr. Sollte keinesfalls mit Grenadine verwechselt werden und keine (Aroma-)Zusätze haben.

GEHT IMMER

RAKI – Anisschnaps, das türkische Nationalgetränk, wird aus Weintrauben gebrannt und pur oder verdünnt mit Wasser getrunken. Tipp: In der Meyhane Ma'Nâ (Karaköy) kann man aus über 30 unterschiedlichen Sorten Raki wählen – und gute Meze essen.

SONSTIGES

Baumwoll- und Seidentücher, Kilim (Teppiche), Teegläser und -tabletts, Keramik, Silberschmuck, Lederwaren, Holzlöffel, Küchenutensilien.

AUSSERDEM

Schon vor der Reise die aktuellen Zollbestimmungen nachlesen (siehe www.zoll.de)!

Manche Rezeptnamen machen sofort neugierig. In diesem Fall leider auch ein wenig traurig, da diese Suppe einer unglücklichen Braut namens Ezo gewidmet ist – das Gericht war angeblich ihre Lieblingsspeise. Ihre auf einer wahren Begebenheit beruhende, unerfüllte Liebe ist noch immer eine sehr populäre Geschichte in der Türkei, sie findet sich in vielen Filmen, Büchern, Liedern sowie sogar in einem Hochzeitsritual wieder. Und auch in dieser Suppe namens »Ezo Gelin Çorbasi«, die zudem fabelhaftes Soul Food ist und hervorragend in die kalte Jahreszeit passt.

EZOS BRAUTSUPPE

FÜR 4–6 PERSONEN
FÜR DIE SUPPE
1 Zwiebel
1–2 Knoblauchzehen
1 Dose geschälte Tomaten (400 g Inhalt)
1 EL Olivenöl
1 EL Butter
1 EL Tomatenmark
100 g rote Linsen
75 g grober Bulgur
1 l Hühner- oder Gemüsebrühe
Meersalz
frisch gemahlener schwarzer Pfeffer
1–2 TL Pul biber
FÜR DIE MINZEBUTTER
40 g Butter
1 TL getrocknete Minze oder
1 EL gehackte frische Minze
1 TL Pul biber (nach Belieben)

ZUBEREITUNGSZEIT: 20 Min.
KOCHZEIT: 30 Min.
PRO PORTION (BEI 6):
ca. 205 kcal, 7 g EW, 9 g F, 21 g KH

1 Für die Suppe die Zwiebel und den Knoblauch schälen und fein würfeln. Die Dosentomaten in ein Sieb gießen, den Saft ablaufen lassen und auffangen. Die Tomaten hacken, dabei die Stielansätze entfernen.

2 Olivenöl und Butter in einem großen Topf erhitzen und die Zwiebel darin glasig andünsten. Knoblauch dazugeben und kurz mitdünsten. Beides soll dabei nur minimal Farbe annehmen.

3 Das Tomatenmark unterrühren und 2 Min. anbraten, dann die Tomatenstücke und den Tomatensaft dazugeben und aufkochen. Die Linsen und den Bulgur hinzufügen, mit Brühe aufgießen und zum Kochen bringen. Dann die Temperatur reduzieren und die Suppe im geschlossenen Topf ca. 30 Min. bei geringer Hitze ganz sanft vor sich hinköcheln lassen, bis Linsen und Bulgur gar sind. Dabei ab und zu umrühren. Wird die Suppe gegen Ende der Kochzeit zu dickflüssig, einfach etwas Wasser dazugeben.

4 Für die Minzebutter in einem kleinen Pfännchen die Butter schmelzen. Minze – und wer es gern schärfer mag auch das Pul piber – dazugeben und aufschäumen lassen, dann vom Herd nehmen.

5 Die Brautsuppe mit Salz, Pfeffer und Pul biber abschmecken. Suppe auf Teller verteilen und servieren. Die Minzebutter mit auf den Tisch stellen, sodass sich jeder davon nehmen kann.

ZUCCHINI-DILL-KÜCHLEIN

FÜR 16–18 KÜCHLEIN
1 Bund Dill
200 g Natur-Sahnejoghurt
1 EL Zitronensaft
Meersalz
frisch gemahlener schwarzer Pfeffer
600 g kleine Zucchini
60 g Schafskäse (Feta)
2 Frühlingszwiebeln
1–2 Knoblauchzehen
1 TL gemahlener Kreuzkümmel
1 Ei (M)
50–75 g Mehl (Type 550)
Pflanzenöl zum Braten

ZUBEREITUNGSZEIT: 35 Min.
PRO STÜCK (BEI 18):
ca. 50 kcal, 2 g EW, 3 g F, 4 g KH

FINGER-LICKING GOOD

1 Für die Joghurtcreme Dill abbrausen, trocken schütteln und die Spitzen fein hacken. 1 EL gehackten Dill (Rest für die Küchlein aufheben) mit dem Joghurt und dem Zitronensaft verrühren. Die Creme mit Salz und Pfeffer abschmecken, dann kalt stellen.

2 Die Zucchini waschen, putzen und fein reiben, es sollten 500 g Zucchiniraspel sein. Diese sehr gut ausdrücken (siehe Tipp), sodass die Raspel nun nicht mehr als 300 g wiegen, und in eine Schüssel geben.

3 Den Feta fein über die Zucchiniraspel krümeln. Die Frühlingszwiebeln waschen, putzen und fein hacken, Knoblauch schälen und fein reiben. Beides mit dem restlichen gehackten Dill unter die Zucchini mengen. Die Mischung würzig mit Kreuzkümmel, Salz und Pfeffer abschmecken. Dann noch das Ei und das Mehl unterrühren.

4 In eine große Pfanne ca. ½ cm hoch Öl gießen und erhitzen. Nach und nach mit einem Esslöffel etwas Zucchinimasse abnehmen und als kleines Häufchen ins Öl setzen, mit dem Löffelrücken flach drücken. Die Küchlein bei mittlerer Hitze von jeder Seite in 2–3 Min. goldbraun braten, dann auf Küchenpapier entfetten und noch heiß mit der Joghurtcreme servieren.

TIPP Die Zucchiniraspel kann man am besten in einem Küchentuch auspressen. Oder man stellt ein stabiles Nudelsieb in die Spüle, gibt die Zucchiniraspel hinein und drückt sie dann mit den Händen (und dem eigenen Gewicht) sehr gut aus.

Mücver sind das türkische Äquivalent zu den deutschen Kartoffelpuffern. Mit einem Unterschied: Der Hauptbestandteil – die Zucchini – lassen sich mit deutlich geringerem Aufwand reiben als die Kartoffeln. Für eine besonders harmonische Würze der Küchlein sorgt der enthaltene Schafskäse (türkischer Salzlakenkäse heißt »Beyaz Peynir«, entspricht aber – sieht man einmal von der Herkunft ab – dem bekannteren griechischen Feta). Und keinesfalls beim frischen, aromatischen Dill sparen, der ist bei diesem Rezept essenziell!

AUCH NEINSAGEN WILL GELERNT SEIN

EIN TABLETT VOLL MEZE – DIE QUAL DER WAHL

Unsere aus Istanbul stammende Freundin Hande, die als Sommelier in Rom lebt, hatte für uns ein kleines Hotel unweit des Taksim-Platzes gebucht. Da sich bereits im Taxi der erste Hunger gemeldet hatte, wurde schnell eingecheckt und los ging's zu »Simsek Pide«. Hande scherzte auf Türkisch mit den Angestellten und sorgte dafür, dass alle Sonderwünsche von der Küche umgesetzt wurden. Die riesige Platte mit mundgerecht aufgeschnittenen Pide samt Ayran war ein perfekter Auftakt, pappsatt verließen wir das Lokal und schlenderten zufrieden durch die Stadt. Abends trafen wir Handes Bruder Emre und seine Freundin Maral in einer Meyhane (traditionelles türkisches Lokal), die uns mit Raki und Meze im Überfluss versorgte – ein erster Vorgeschmack, was uns die nächsten Tage erwarten würde. Irgendwann hielt ich nur noch die Hand über mein Glas, die Kellner waren einfach zu flink beim Raki-Nachschenken!

Nach einer kurzen Nacht ging's zum Frühstück bei »Datli Maya«. Man betritt die Bäckerei und muss sich durch die Küche in den urigen Gastraum im ersten Stock schlängeln, vorbei an einem Büfett mit Aufstrichen, Käse und Meze, an dem ein kluger Hinweis warnt: »Was Du auf Deinem Teller lässt, wird zweifach abgerechnet!« Auf großen Holzplanken kommen warmes Gebäck und Eierspeisen. Natürlich gingen unsere Teller blitzblank zurück …

WEITER GINGS NACH CIHANGIR, WIR TRAFEN FREUNDE AUS ROM UND ISTANBUL

Katie stimmte uns auf das anstehende Essen bei ihrer Freundin Semsa ein, Cenk erzählte von seinem Kochbuchprojekt und Tuba gab uns Tipps für die nächsten Tage. Semsa Denizsel erwartete uns bereits im bis auf den letzten Platz gefüllten »Kantin«. Kein Wunder, dass sie oft mit Alice Waters verglichen wird – diese resolute Köchin macht sich viele Gedanken um Tradition, Nachhaltigkeit und Genuss. Ihr köstliches Menü verwöhnte uns mit neu interpretierten türkischen Gerichten, sodass ich sogar mutig Kokoreç (gegrillte Lammdärme) probierte. Fazit: Liebe auf den ersten Biss war das nicht.

Am Sonntagmorgen nahm uns Semsa mit auf ihren Lieblingsmarkt Kastamonu Pazari und wir verkosteten handgemachtes Kaymak (abgeschöpfter Rahm von Büffelmilch) – ein himmlisches Zeug! Emre hatte uns zum Kebap-Essen ins »Kenan Usta Kebap« geschickt, in dem man um den offenen Grill sitzt und vom Chef umsorgt wird. Ich habe nicht mehr mitgezählt, wie oft wir Nachschlag ablehnten, so satt waren wir – ein weiteres Mal. Bei »Baylan Pastanesi« ließ mich Hande den Eisbecher ihrer Kindheit probieren (Kup Griye), bei »Inci Pastanesi« wurden Profiteroles geschlemmt, bei »Karakoy Güllüoglu« dann Baklava. Das Café »Erol« erleichterten wir um mehrere Schachteln Lokum, bevor uns Emre zum Lahmacun-Essen abholte und wir den Nachmittag in Göztepe verbrachten.

Für den letzten Abend hatten uns Handes Eltern zu einem Familienessen eingeladen, und meine Befürchtungen bewahrheiteten sich: Eine sagenhafte Meze-Tafel, die locker 20 Gäste verköstigt hätte, erwartete uns. Kurze Zeit später hatte jeder von uns eine beachtliche Portion zartes Kalbsfilet vor sich stehen. Jetzt wusste ich, von wem meine Freundin Hande ihr Kochtalent geerbt hatte, ihre Mutter Beate kocht einfach zum Niederknien. Trotzdem konnte ich Oliver ansehen, dass er froh war, als er seine Riesenportion geschafft hatte. Ich weiß nicht, ob es eine kleine Unaufmerksamkeit (Food-Koma?) war oder ob Handes Mann Theo schon länger auf seine Chance gelauert hatte, jedenfalls nutzte er Beates Frage »Wer möchte noch Nachschlag?« geschickt aus und hielt ihr Olivers Teller entgegen. Oliver versuchte nach kurzer Schockstarre noch abzuwehren, hatte aber schon oft von Hande erklärt bekommen, wann das in ihrer Familie völlig zwecklos war – und ergab sich schließlich seinem Schicksal. Unsere Seite des Tisches konnte sich nicht mehr beherrschen: Olivers verzweifeltes Gesicht war einfach zu komisch, und wir brachen in schallendes Gelächter aus. Emre organisierte uns auf den Schreck hin eine Flasche seines selbst gemachten Walnusslikörs – und alles danach haben wir nur noch sehr vage in Erinnerung … Es war ein herrlicher Abend und ein würdiger Abschluss für eine durchschlemmte Woche.

ISTANBUL KANN
VERZAUBERN,
BEI TAG UND BEI NACHT!

BULGURSALAT
»KISIR«

FÜR 4 PERSONEN
200 g feiner Bulgur
1 rote Zwiebel
4 Frühlingszwiebeln
2 grüne Spitzpaprika
½ Salatgurke (150–200 g)
½ Bund Minze
½ Bund Petersilie
2–3 EL Paprikamark (gibt es im türkischen Feinkostladen, ersatzweise Tomatenmark)
4–6 EL Olivenöl
1 EL Zitronensaft
1–1 ½ EL Granatapfelsirup
1 TL Pul biber
Meersalz

ZUBEREITUNGSZEIT: 20 Min.
PRO PORTION:
ca. 370 kcal, 9 g EW, 16 g F, 45 g KH

Ein kleiner türkischer Feinkostladen namens »Fresh House« ist aus unserem Stadtviertel nicht mehr wegzudenken. Der Chef Muhammer hat nicht nur ein Händchen für gute Lebensmittel, sondern er kennt die meisten seiner Kunden mit Namen, hat immer Zeit für einen kurzen Plausch und gibt mit Freude Tipps zur Zubereitung von Fleisch und Fisch. Seine Philosophie ist sogar an einer Wand verewigt: »Ein enttäuschter Kunde ist ein verlorener Schatz!« Vor allem liebe ich die selbst gemachten Salate seiner Familie, etwa Oktopussalat und Kisir. Letzteren habe ich vor vielen Jahren hier zum allerersten Mal probiert.

1 Den Bulgur in eine Schüssel geben, mit 150 ml kochend heißem Wasser aufgießen und abgedeckt 15 Min. quellen lassen.

2 Inzwischen die Zwiebel schälen. Frühlingszwiebeln waschen, putzen und dunkelgrüne Teile entfernen. Die Spitzpaprika und Gurke putzen und waschen. Alles in kleine Würfel schneiden. Die Kräuter abbrausen, trocken schütteln und die Blättchen fein hacken.

3 Bulgur mit einem Löffel auflockern und die vorbereiteten Zutaten untermischen. Den Salat mit Paprikamark, Olivenöl, Zitronensaft, Granatapfelsirup, Pul biber und Salz anmachen. Kisir hält sich im Kühlschrank mehrere Tage und schmeckt gut durchgezogen sogar noch besser.

BOHNENSALAT
»PIYAZ«

LIEBLINGS-SALAT

FÜR 4–6 PERSONEN
2 Dosen Cannellini-Bohnen (je 240 g Abtropfgewicht)
2 kleine rote Zwiebeln
1–2 rote Spitzpaprika
1 grüne Spitzpaprika
1 große rote Chilischote
½ Bund Petersilie
1–2 EL Zitronensaft
1 EL Tahini (Sesampaste, nach Belieben)
80–100 ml EL Olivenöl
3–4 EL Weißweinessig
Meersalz
frisch gemahlener schwarzer Pfeffer
Pul biber (nach Belieben)

ZUBEREITUNGSZEIT: 15 Min.
PRO PORTION (BEI 6):
ca. 260 kcal, 6 g EW, 20 g F, 13 g KH

Ein Salat, der immer passt, nicht nur mit türkischen Gerichten harmoniert und einfach zuzubereiten ist. Zudem taugt er als perfektes Mitbringsel bei einer Einladung zum Grillen, da er bereits schon Stunden vorher angemacht werden kann. Dann aber vor dem Servieren noch einmal kurz abschmecken, eventuell ist ein Schuss Säure nötig.

1 Bohnen in einem Sieb abbrausen, abtropfen lassen. Zwiebeln schälen, längs halbieren und in feine Spalten schneiden. Die Spitzpaprika putzen, waschen und klein würfeln. Chili waschen und fein hacken – je nach gewünschter Schärfe mit oder ohne Kerne. Petersilie abbrausen, trocken schütteln und fein hacken. Alle Zutaten in einer Schüssel vermengen.

2 Zitronensaft, Tahini, Olivenöl, Essig, Salz und Pfeffer verrühren und das Dressing unter den Salat mischen. Abschmecken. Wer mag, bestreut den Bohnensalat zum Schluss auch noch mit etwas Pul biber.

TIPP Man kann natürlich auch getrocknete Cannellini-Bohnen (ca. 200 g) nehmen. Diese über Nacht in reichlich Wasser einweichen, dann in einem Sieb abbrausen, in einem Topf großzügig mit frischem Wasser bedecken und in 1–1 ¼ Std. weich köcheln, dabei erst nach dem Kochen salzen.

BEATES DOLMA

FÜR 8–12 DOLMA
150 g Rundkornreis
2–3 Zwiebeln
60–80 ml Olivenöl
30 g Pinienkerne
25 g Korinthen
1 EL Zucker
Meersalz
8–12 grüne Dolma-Paprikaschoten (je kleiner, desto besser)
2 Tomaten
1 EL Zimtpulver
½–¾ EL gemahlenes Piment
1 EL getrocknete Minze

ZUBEREITUNGSZEIT: 1 Std.
PRO STÜCK (BEI 12):
ca. 155 kcal, 3 g EW, 9 g F, 16 g KH

1 Den Reis in einem Sieb gründlich abbrausen und abtropfen lassen. Die Zwiebeln schälen und in kleine Würfel schneiden.

2 In einem Topf 2–3 EL Olivenöl erhitzen. Darin die Zwiebeln bei geringer bis mittlerer Hitze andünsten. Sobald sie glasig sind, die Pinienkerne dazugeben und so lange mitdünsten, bis die Zwiebeln und Kerne gleichmäßig gebräunt sind und duften (8–10 Min.). Dann den Reis untermischen und 2–3 Min. mitdünsten, bis er ebenfalls glasig ist. Mit ca. 200 ml Wasser ablöschen, die Korinthen, Zucker und 2 TL Salz unterrühren. Alles aufkochen, dann den Pilav bei geringer Hitze 10 Min. zugedeckt garen, dabei ab und zu umrühren, damit nichts anbrennt.

3 Inzwischen Paprikaschoten waschen und die Stielansätze entweder mit dem Daumen vorsichtig eindrücken oder mit dem Messer herausschneiden. Die Kerngehäuse im Ganzen herauszupfen oder mit einem kleinen Löffel vorsichtig herausschaben. Zum späteren Verschließen der Dolma Tomaten waschen und rundherum 8–12 kleine, dünne Scheiben (3–4 cm Ø) abschneiden. Einen passenden Topf (mit Deckel) heraussuchen – alle gefüllten Paprikaschoten sollen dicht nebeneinander stehend darin Platz finden.

4 Pilav mit Zimt, Piment und Minze würzig (!) abschmecken und auch nachsalzen, da beim anschließenden Dämpfen und Abkühlen Geschmack verloren geht. Pilav kurz abkühlen lassen, dann mit einem kleinen Löffel locker, aber ohne Hohlräume bis knapp unter den Rand in die vorbereiteten Schoten füllen. Mit je 1 Tomatenscheibe verschließen.

5 Die gefüllten Paprikaschoten mit dem Tomatendeckel nach oben aufrecht nebeneinander in den Topf stellen. Ca. 100 ml Wasser dazugießen, 2–3 EL Olivenöl darüberträufeln, wenig salzen. Die Paprika zugedeckt ca. 20 Min. garen, bis die Schoten weich sind und kein Wasser mehr im Topf ist. Im Topf auskühlen lassen – diese Dolma werden kalt gegessen.

TIPP Eventuell übrig gebliebene ungefüllte Paprikaschoten sowie die Tomatenmittelstücke wandern in den nächsten Salat, ein Zuviel an Pilav-Füllung schmeckt auch pur (warm oder kalt).

Als Kind hatte ich zwar nicht gerade wenig »Igitt«-Gerichte, aber gefüllte Paprikaschoten lagen auf einem der vordersten Plätze. Bis uns die in Istanbul lebenden Eltern meiner Freundin Hande zu sich zum Essen einluden und uns mit einer üppig gedeckten Tafel voller selbst gemachter Meze erwarteten. Auch gefüllte grüne Paprikaschoten hatte ich erspäht und – weil alles von der Köchin so liebevoll zubereitet und auf den Punkt abgeschmeckt war – sofort beschlossen, mein Kindheitstrauma endlich zu begraben. Nach dem ersten Bissen war ich nicht nur mit der Zubereitungsart versöhnt, auch die von mir wenig geliebten grünen Paprikaschoten haben ganz enorm Boden gut gemacht. Für diese Vorspeise wird übrigens eine spezielle türkische Paprikasorte verwendet, die Schoten sind hellgrün, dünnwandig, ziemlich klein und am einfachsten bei türkischen Gemüsehändlern zu bekommen (im Zweifel nach »Biber für Dolma« fragen).

BÖREK »FREESTYLE«

FÜR 4–6 PERSONEN
½ Bund Dill und/oder Petersilie
400 g Yufka-Teig (Kühlregal)
3 Eier (M oder L)
450–500 ml Milch
200 g Schafskäse (Feta)
frisch gemahlener schwarzer Pfeffer
1 EL Olivenöl
100 g geriebener Käse zum Überbacken (z. B. Mozzarella oder Gouda)
2 EL Schwarzkümmelsamen

ZUBEREITUNGSZEIT: 15 Min.
KÜHLZEIT: 1 Std.
BACKZEIT: 50 Min.
PRO PORTION (BEI 6):
ca. 505 kcal, 19 g EW, 36 g F, 26 g KH

SUPER SIMPEL

1 Die Kräuter abbrausen, trocken schütteln und fein hacken. Die Yufka-Teigblätter in grobe Stücke reißen und in eine große Schüssel geben. Die Eier mit einer Gabel verschlagen und mit der Milch über den Yufka-Teig gießen. Den Feta darüberkrümeln, gehackte Kräuter darüberstreuen, mit Pfeffer würzen. Alles am besten mit den Händen gut vermengen, dann ca. 1 Std. (auch länger ist kein Problem) im Kühlschrank ziehen lassen.

2 Den Backofen auf 220° vorheizen, eine Auflaufform (ca. 16 × 27 cm) mit dem Olivenöl einfetten. Die Börekmischung 3–4 cm hoch in die Auflaufform geben und den geriebenen Käse gleichmäßig darauf verteilen. Im Ofen (Mitte) in 40–50 Min. goldgelb backen. Wird der Käse gegen Ende der Backzeit zu dunkel, den Auflauf mit einem Stück Alufolie abdecken.

3 Börek aus dem Ofen holen, mit dem Schwarzkümmel bestreuen und am besten sofort mit Salat (siehe Tipp) servieren.

TIPP Hier greift eine meiner unumstößlichen Küchenregeln – alles, was aus dem Ofen kommt und eine nicht unerhebliche Menge Käse enthält, wird mit einer großen Schüssel Salat (z. B. ein Blattsalat mit Schnittlauch, Gurkensalat mit Dill oder Tomatensalat mit roten Zwiebeln und Kräutern) serviert. Erst damit wird das Kolay Börek rundum perfekt.

Obwohl es vom ersten Handgriff rund 1 ½ Stunden dauert, bis das Essen schließlich auf dem Tisch steht, ist dieses nicht ganz authentische Börek sofort in mein Rezeptrepertoire gewandert, da man die Zutaten auf Vorrat zu Hause haben kann und es nur ein paar weniger, ganz simpler Handgriffe bedarf. Schwieriger ist es da schon, seine Geduld zu zügeln, wenn der Auflauf aus Yufka-Teig und geschmolzenem Käse sein unwiderstehliches Aroma im Ofen und in der Küche entfaltet!

DAS WICHTIGSTE STÜCK DES REISEGEPÄCKS IST UND BLEIBT EIN FRÖHLICHES HERZ.

HERMANN LÖNS

SİMİT

Wer schon mal Manti gegessen hat, dem dürfte diese Art Pasta vom Geschmack her ein wenig bekannt vorkommen, allerdings ist dieses Gericht deutlich einfacher und schneller zuzubereiten. Man könnte es sogar als eine Art türkisches Ragù alla Bolognese bezeichnen, aber dann würde meine in Italien lebende türkischstämmige Freundin mir höchstwahrscheinlich die Freundschaft kündigen. Deshalb nur so viel: Es schmeckt sagenhaft gut!

SCHARFE PASTA MIT JOGHURT

NUDELN MAL TÜRKISCH

FÜR 4 PERSONEN

FÜR DIE WÜRZBUTTER

5–6 Stängel Minze
40 g Pinienkerne
40 g Butter

FÜR DIE PASTA

400 g getrocknete Pasta (z. B. Fusilli, Farfalle)
Meersalz
2 Knoblauchzehen
200 g (griechischer) Sahne-Naturjoghurt
2 Schalotten
½ große rote Chilischote
2 EL Olivenöl
400 g Rinderhackfleisch (auch fein: Hackfleisch vom Lamm)
1 ½ TL Garam masala
1 ½ TL Pul biber
½ TL Zimtpulver
1 EL Paprikamark (gibt es im türkischen Feinkostladen, ersatzweise Tomatenmark)
½ TL Zucker
frisch gemahlener schwarzer Pfeffer

AUSSERDEM

Pul biber zum Bestreuen

ZUBEREITUNGSZEIT: 30 Min.
PRO PORTION:
ca. 825 kcal, 36 g EW, 40 g F, 78 g KH

1 Die Minze abbrausen, trocken schütteln und die Blättchen fein hacken. Pinienkerne in einem Mörser grob zerstoßen. Die Butter in einer großen Pfanne schmelzen. Darin Pinienkerne und Minze rösten, bis die Kerne ein wenig Farbe angenommen haben. In eine kleine Schale umfüllen. Pfanne mit Küchenpapier auswischen und für die Sauce weiterverwenden.

2 Die Pasta in einem großen Topf in reichlich kochendem Salzwasser nach Packungsanweisung al dente garen.

3 Inzwischen den Knoblauch schälen, in den Joghurtbecher pressen und mit dem Joghurt glatt verrühren. Die Schalotten schälen und fein hacken, ebenso die Chilischote.

4 Das Olivenöl in der Pfanne erhitzen. Darin das Hackfleisch bei starker Hitze scharf anbraten, bis es bräunt. Schalotten, Chilischote und Gewürze dazugeben, die Hitze reduzieren und das Paprikamark einrühren. Wer eine sämige Sauce mag, gibt nun noch mit einer Suppenkelle nach und nach so viel Nudelkochwasser dazu, dass sich der Bodensatz von der Pfanne löst. Die Sauce 2–3 Min. bei geringer Hitze leicht köcheln lassen. Mit Zucker, Salz und Pfeffer abschmecken.

5 Ein wenig Pastawasser abschöpfen und beiseitestellen (zum späteren Verdünnen, falls nötig), dann die Nudeln in ein Sieb abgießen und zurück in den Topf geben, aber nicht mehr auf den Herd stellen. Den Knoblauchjoghurt unterrühren, bis die Nudeln gleichmäßig damit überzogen sind. Erscheint die Pasta zu trocken, esslöffelweise Pastawasser dazugeben.

6 Die Pasta auf Teller verteilen, die Hackfleischsauce darübergeben und mit ein wenig Pul biber bestreuen. Zum Abschluss noch die Pinienkerne-Minze-Butter über die Pasta träufeln.

KNUSPRIG UND SCHARF

LAHMACUN

FÜR 5 LAHMACUN

FÜR DEN TEIG

¼ Würfel Hefe (ca. 10 g)
300 g Mehl (Type 550)
½ TL Zucker
1 TL Meersalz
1 EL Olivenöl

FÜR DEN BELAG

2 rote Spitzpaprika
1 Zwiebel
1–2 Knoblauchzehen
½ Bund Petersilie
200 g Lammhackfleisch
50 g Paprikamark (gibt es im türkischen Feinkostladen, ersatzweise Tomatenmark)
1 TL Pul biber
1–1 ½ TL Meersalz
frisch gemahlener schwarzer Pfeffer

ZUM SERVIEREN

Pul biber und Sumach (siehe S. 183; gibt es im türkischen Feinkostladen)

AUSSERDEM

Mehl zum Arbeiten

ZUBEREITUNGSZEIT: 40 Min.
RUHEZEIT: 1 Std.
BACKZEIT (PRO BLECH): 10 Min.
PRO STÜCK:
ca. 355 kcal, 15 g EW, 10 g F, 49 g KH

Mit der Fähre zwischen dem europäischen und asiatischen Kontinent zu kreuzen – für Istanbuls Bewohner ist das Überqueren des Bosporus etwas Alltägliches. Wir hatten auf die asiatische Seite übergesetzt, weil uns der Bruder meiner Freundin Hande die beste Lahmacun (sprich »Lach-ma-dschuun«) der Stadt versprochen hatte. Nach einer kurzen Autofahrt kamen wir zu einem kleinen Lokal, das unauffällig zwischen hohen Apartmenthäusern lag. Emre übernahm die Bestellung für alle und wir erhielten eine Lektion darin, wie man Lahmacun richtig isst (gefaltet, mit rohen Zwiebeln, Petersilie und Sumach) und was man besser lässt (rollen, mit Joghurt und Blattsalat belegen).

1 Für den Teig Hefe in 175 ml lauwarmem Wasser auflösen. Mehl, Zucker und Salz in der Schüssel einer Küchenmaschine vermischen. Hefewasser dazugießen, Öl dazugeben und alles mit dem Knethaken in 4–5 Min. bei mittlerer Geschwindigkeit zu einem elastischen Teig kneten. (Er sollte sich von der Schüssel lösen – sonst esslöffelweise Wasser oder Mehl zugeben.) Den Teig abgedeckt an einem warmen Ort 30–45 Min. gehen lassen, bis sich sein Volumen fast verdoppelt hat. (Natürlich kann der Teig auch von Hand geknetet werden, Bild 1.)

2 Backofen samt Backblech (unten) auf 250° vorheizen. Teig auf die mit Mehl bestäubte Arbeitsfläche geben und die Luft herausdrücken. Den Teig fünfteln, zu Kugeln formen, abgedeckt weitere 15 Min. gehen lassen.

3 Für den Belag Spitzpaprika putzen, waschen und grob hacken. Zwiebel und Knoblauch schälen, grob hacken. Die Petersilie abbrausen, trocken schütteln und die Blättchen abzupfen. Alles in der Küchenmaschine (mit Messereinsatz) fein hacken. Dann das Lammhackfleisch, das Paprikamark, Pul biber, Salz und Pfeffer dazugeben und mit Pulse-Funktion einarbeiten, bis alles gut vermengt ist.

4 Auf der bemehlten Arbeitsfläche 1 Teigkugel flach drücken, 2–3 mm dick ausrollen (Bild 2) und auf einen Bogen Backpapier ziehen. Ein Fünftel des Belages dünn darauf verstreichen, dabei rundherum einen kleinen Rand frei lassen (Bild 3). Lahmacun samt Backpapier auf das heiße Blech ziehen und 7–10 Min. backen; der Boden sollte so knusprig sein, dass man die Lahmacun mit dem Pfannenwender aus dem Ofen heben kann. Mit Pul biber und Sumach servieren. Die anderen Lahmacun ebenso zubereiten.

IRMIK HELVASI

FÜR 4–6 PERSONEN
200 g Zucker
450 ml Milch
125 g Butter
175 g türkischer Weizengrieß (im türkischen Feinkostladen als Irmik erhältlich)
50 g Pinienkerne

ZUM SERVIEREN
Zimtpulver zum Bestäuben und/oder gehackte Pistazien zum Bestreuen

ZUBEREITUNGSZEIT: 15 Min.
QUELLZEIT: 30 Min.
PRO PORTION (BEI 6):
ca. 490 kcal, 7 g EW, 25 g F, 59 g KH

SÜSSER KLASSIKER

1 Den Zucker und die Milch in einem kleinen Topf erhitzen, bis sich der Zucker vollständig aufgelöst hat. Heißen Milchsirup zur Seite stellen.

2 Die Butter in einem großen Topf schmelzen. Den Grieß dazugeben und bei mittlerer Hitze unter Rühren ca. 2 Min. rösten. Die Pinienkerne dazugeben und kurz mitrösten. Die Kunst ist es, sowohl dem Grieß als auch den Pinienkernen eine schöne goldbraune Farbe zu verleihen, ohne dass die Pinienkerne dabei zu dunkel und somit bitter werden.

3 Den Milchsirup zum Grieß gießen, dabei sehr vorsichtig sein, da es stark brodeln und spritzen kann! Den Brei unter Rühren in 3–4 Min. andicken lassen, dann den Herd ausschalten.

4 Ein Küchentuch einmal falten und straff über den Topf legen, dann den Deckel daraufsetzen – so wird verhindert, dass das Kondenswasser in den Grieß tropft. Den Topf 30 Min. auf der ausgeschalteten Herdplatte stehen lassen, damit der Grieß ausquellen kann.

5 Den noch warmen Grieß mit einer Gabel auflockern, auf Teller verteilen (dazu am besten einen Eiskugelportionierer verwenden). Mit etwas Zimt bestäuben und/oder mit Pistazien bestreuen und servieren.

TIPP Im »Kantin« bekamen wir Irmik helvasi mit Vanilleeis serviert, was zwar nicht Tradition ist, es meiner Meinung nach aber unbedingt sein sollte. Bei uns kommt das Grießdessert deshalb immer mit Eis auf den Tisch, manchmal wird es auch noch mit einem Hauch Zimt bestäubt.

Reisen wir nach Istanbul, ist keine Sekunde Planung notwenig. Meine Freundin Hande ist dort aufgewachsen und ihre Familie kennt jeden kulinarischen Geheimtipp. Die Herausforderung ist vielmehr: Wie viel gutes Essen kann man in kurzer Zeit unterbringen? Ganz oben auf unserer Liste stand das von Semsa Denizsel betriebene Restaurant »Kantin«. Und wir wurden nicht enttäuscht: Semsa und ihre Köche hatten extra für unsere zehnköpfige Gruppe ein Menü zusammengestellt und türkische Klassiker zeitgemäß interpretiert. Ein Gang nach dem anderen begeisterte uns – und so probierte ich sogar vom Kokoreç (gegrillte Lammdärme). Als erstes zu Hause nachgekocht habe ich mit Handes Hilfe allerdings die traditionelle Grießnachspeise. So einfach, so gut.

رقم العبرة
ABRA NO.
50

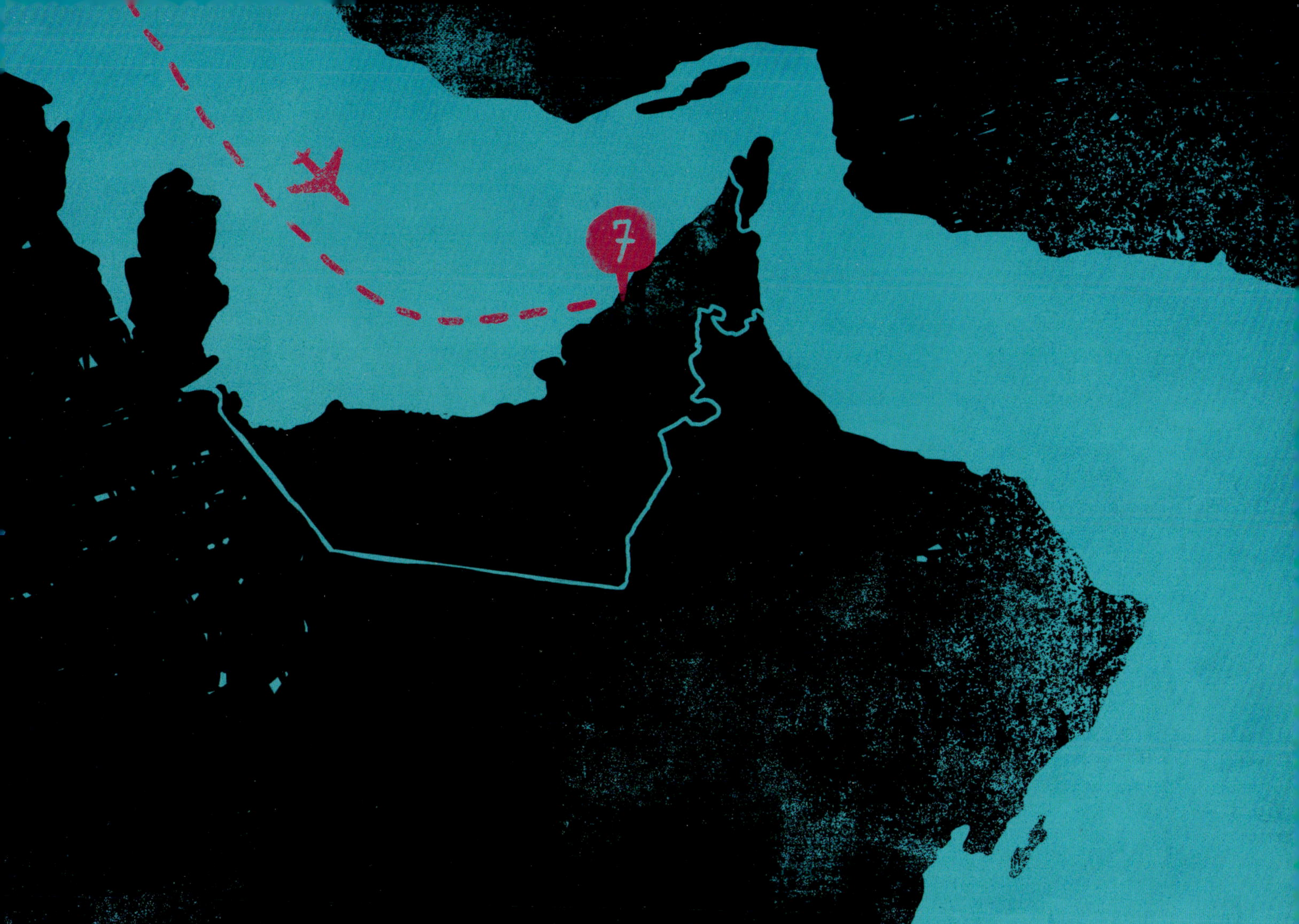

DUBAI

Pikante **Zatar-Cracker mit Dattelcreme,** das Best-of-Rezept **Fat-Teh-Toush,** eine Geschmacksexplosion aus dem Souk: **Gewürze aus 1001 Nacht,** saftige **Kichererbsenküchlein,** feinwürziger lauwarmer **Möhrensalat mit Röstkichererbsen,** feiner Sattmacher **Bulgursalat mit Nüssen,** gebackene **Ofen-Auberginen** mit Minzejoghurt, duftendes **Fischfilet mit Zimtlinsen,** gar nicht spießig: **scharfes Lamm auf süßem Couscous,** glänzende **Rindfleischbällchen,** Lieblingsrezept: **Hähnchen-Currypfanne, »Taxi!« Mobil sein** ist alles, arabisch **gewürzter Schokoladentraum.**

Egal, ob man Cracker und Creme zur Selbstbedienung auf den Tisch stellt oder zusammen mit getrockneten Früchten kleine Häppchen daraus bastelt – diese Knabberei findet schnell Freunde. Der Clou ist das Bestreichen des Teiges mit Honigwasser vor dem Backen, was für eine besonders appetitliche Bräunung sorgt.

ZATAR-CRACKER
MIT DATTELCREME

ZUM KNABBERN

FÜR 35–40 CRACKER
FÜR DIE CRACKER
150 g Mehl (Type 550)
40 g gemahlene Walnüsse
2 EL Zatar (siehe S. 183, gibt es in Online-Shops zu kaufen)
½ TL Meersalz
50 ml Olivenöl
40 g Schafskäse (Feta)
1 TL Honig
FÜR DIE DATTELCREME
80 g Medjool-Datteln (5–6 Stück)
40 g Mandeln (mit oder ohne Haut)
75 g Schafskäse (Feta) oder Ziegenfrischkäse
3 EL Orangensaft
1 EL Honig
¼ TL Zimtpulver
1 Prise frisch gemahlene Muskatnuss
Meersalz
frisch gemahlener schwarzer Pfeffer
Chiliflocken (nach Belieben)
AUSSERDEM
Zatar zum Bestreuen

ZUBEREITUNGSZEIT: 25 Min.
BACKZEIT: 18 Min.
PRO STÜCK (BEI 40):
ca. 50 kcal, 1 g EW, 3 g F, 5 g KH

1 Zuerst die Cracker zubereiten: Den Backofen auf 180° vorheizen. Mehl, Walnüsse, 1 ½ EL Zatar und Salz in einer Schüssel gut vermischen. Dann Olivenöl und 2–3 EL Wasser dazugeben, den Feta möglichst fein darüberkrümeln. Alle Zutaten erst mit einer Gabel grob vermengen, dann von Hand rasch zu einem glatten Teig verkneten (ist er zu trocken, teelöffelweise mehr Wasser dazugeben, ist er zu klebrig, ein wenig mehr Mehl).

2 Den Teig zwischen zwei Bogen Backpapier 2–3 mm dick ausrollen, dann samt dem Backpapier auf ein Backblech ziehen, oberes Papier abnehmen. Den Teig mit einem Teigrädchen oder Messer in Rauten oder Quadrate schneiden (die Cracker können ohne Abstand gebacken werden). Honig mit 2 EL Wasser verrühren, die Teigstücke damit bestreichen und noch mit etwas Zatar bestreuen. Im Ofen (Mitte) in 16–18 Min. goldbraun backen. (Falls die ungleichmäßigen Randstücke zu schnell bräunen, diese einfach etwas früher herausnehmen). Cracker vollständig auskühlen lassen. Sie halten sich luftdicht verschlossen bis zu 1 Woche.

3 Für die Dattelcreme die Datteln entsteinen und grob hacken. Dann mit den Mandeln in der Küchenmaschine (mit Messereinsatz) fein zerkleinern, dann die restlichen Zutaten ebenfalls dazugeben. Alles zu einer sämigen Creme mixen und abschmecken. Mit den Crackern servieren. Gut abgedeckt hält sich die Dattelcreme einige Tage im Kühlschrank.

TIPP Die orientalische Gewürzmischung Zatar lässt sich auch ganz leicht selbst herstellen. Einfach 30 g ungeschälte hellbraune Sesamsamen kurz in der Pfanne rösten, dann mit ½ TL Fleur de Sel, 1 EL Sumach (siehe S. 183) und 1 EL getrocknetem Thymian im Blitzhacker fein zerkleinern.

FAT-TEH-TOUSH

FÜR 3–4 PERSONEN

1 Dose Kichererbsen (240 g Abtropfgewicht)
1 Salatgurke
3–4 Stängel Minze
2–3 Schalotten
2 EL Butterschmalz (auch fein: Olivenöl)
40 g Pinienkerne
125 g Fladen- oder Weißbrot vom Vortag
80 ml Olivenöl
1–1 ½ EL Garam masala
2 TL gemahlener Kreuzkümmel
½ TL Zimtpulver
Meersalz
300 g Sahne-Naturjoghurt
2 EL Zitronensaft
2 Knoblauchzehen
1 EL Tahini (Sesampaste, nach Belieben)
Cayennepfeffer oder rosenscharfes Paprikapulver (nach Belieben)

ZUBEREITUNGSZEIT: 30 Min.
PRO PORTION (BEI 4):
ca. 560 kcal, 11 g EW, 43 g F, 30 g KH

1 Den Backofen auf 200° vorheizen. Kichererbsen in ein Sieb abgießen, abbrausen und abtropfen lassen. Die Salatgurke waschen, längs halbieren und die Kerne herauskratzen. Gurke in ca. 1 cm große Würfel schneiden. Die Minze abbrausen, trocken schütteln und die Blättchen grob hacken.

2 Die Schalotten schälen und in 4 mm dicke Ringe schneiden. Das Butterschmalz in einer Pfanne erhitzen und darin Schalotten bei mittlerer Hitze in 7–10 Min. goldbraun karamellisieren (sie sollen nicht zu dunkel werden, sonst schmecken sie bitter). Dabei gegen Ende Pinienkerne dazugeben, sodass diese auch noch ein wenig Farbe annehmen. Zum Entfetten auf Küchenpapier verteilen.

3 Das Brot in mundgerechte Stücke reißen und auf einem Backblech verteilen, abgetropfte Kichererbsen dazugeben. 5–6 EL Olivenöl darüberträufeln, Garam masala, Kreuzkümmel, Zimt und Salz darüberstreuen. Alles mit den Händen gut vermengen, bis Brot und Kichererbsen mit Öl und Gewürzen überzogen sind, dann gleichmäßig auf dem Blech verteilen. Im Ofen (Mitte) 8–12 Min. backen, bis das Brot bräunt und knusprig wird, dabei zur Halbzeit einmal durchmischen.

4 Joghurt und Zitronensaft in einer Schüssel verrühren. Den Knoblauch schälen, je nach Vorliebe fein hacken oder fein reiben und ebenfalls unterrühren. Zum Schluss nach Belieben noch das Tahini glatt untermischen. Ist die Joghurtsauce sehr dickflüssig, mit ein wenig Wasser verdünnen.

5 Joghurtsauce und Gurke auf Teller verteilen. Darauf die heißen Brotstücke und Kichererbsen anrichten, zum Schluss folgen die Schalotten und Pinienkerne. Mit übrigem Olivenöl beträufeln. Wer mag, gibt noch etwas Cayennepfeffer oder Paprikapulver darüber, dann die Minze – fertig!

TIPP Natürlich lässt sich dieses Gericht auch mit getrockneten Kichererbsen (ca. 120 g) zubereiten. Diese muss man mindestens 12 Std. (länger ist kein Problem) in reichlich kaltem Wasser einweichen, bevor sie dann in frischem Wasser in ca. 1 Std. weich gekocht werden.

Lange Zeit wurden die beiden traditionellen Gerichte Fattoush (eine Art Brotsalat mit Gurken und Tomaten) und Fatteh (eine Mischung aus geröstetem Fladenbrot, Joghurt und Kichererbsen) von mir verwechselt. Einmal habe ich sogar in einem arabischen Restaurant Fattoush bestellt und mich dann – vergeblich – auf einen Teller Fatteh gefreut. Die naheliegende Lösung: Das Beste aus beiden Gerichten wird auf einem Teller vereint!

GEWÜRZE AUS 1001 NACHT

Ob beim kurzen Stop-Over auf dem International Aiport oder auf den lokalen Märkten (genannt Souks) – Shoppen ist DAS Thema in Dubai. Hier gibt es alles zu kaufen: sämtliche Luxusmarken, Goldschmuck, Tabak, Stoffe, Datteln, Nüsse – und auch Gewürze. Ein kleiner Überblick:

ANIS

Bekannt als Heil- und Gewürzpflanze. Sternanise werden vor allem zum Abschmecken von Süßspeisen, Gebäck, Brot oder dunklen Bratensaucen verwendet. Ein Geschmack, den man auch in Spirituosen wie Raki, Absinth oder Pastis wiederfindet.

BAHARAT

Beliebte Gewürzmischung für Fleisch, die sich je nach Region stark unterscheiden kann. Häufige Bestandteile: Paprika, Pfeffer, Kreuzkümmel, Koriander, Muskatnuss, Zimt, Kardamom, Nelken, Chili.

GRÜNER KARDAMOM

Gehört neben Safran und Vanille zu den teuersten Gewürzen. Die angedrückten Kapseln können für ein dezentes Aroma mitgekocht werden (Reis), die gemahlenen Samen werden für Süßspeisen und Gebäck verwendet. Nicht verwechseln mit schwarzem Kardamom, der anderen Ursprungs und mit seiner rauchigen Note in der indischen Küche sehr präsent ist.

KORIANDER

Die hellen Körner werden vielfältig verwendet (etwa für Brot und Gebäck, Fleisch, Reisgerichte, Pickles) und sind ein wichtiger Bestandteil von Currymischungen.

KREUZKÜMMEL

Optisch sieht er Kümmel zum Verwechseln ähnlich, geschmacklich haben sie nichts gemeinsam. Die orientalische Küche ist ohne Kreuzkümmel nicht vorstellbar, auch für viele Gewürzmischungen ist er essenziell (z. B. Garam masala, Currypulver). Unbedingt anrösten, erst dann entfaltet er sein Potenzial.

ROSENWASSER

Ein Destillat aus Rosenblüten, das ähnlich wie Orangenblütenwasser meist zum Aromatisieren von Süßspeisen und Gebäck verwendet wird. Es sollte aufgrund seines ausgeprägten Geschmacks sehr vorsichtig dosiert werden.

SAFRAN

Noch immer das teuerste Gewürz der Welt – da die Ernte der winzigen Narben des Safrankrokus nur von Hand erfolgen kann, ist das auch verständlich. Vielfältige Einsatzmöglichkeiten (z. B. bei Paprikahuhn, siehe S. 54; Hähnchen-Fenchel-Eintopf, siehe S. 76; Safranschalotten, siehe S. 192), unerlässlich für Paella, Bouillabaisse und Risotto Milanese.

SUMACH

Die grob gemahlenen dunkelroten Gewürzflakes stammen von den getrockneten Beeren des Sumachbusches. Sie haben einen angenehm säuerlichen Geschmack und sind – etwa über Salate oder Fleischgerichte gestreut – unerlässlich in der Küche des Mittleren Ostens.

ZATAR

Eine orientalische Gewürzmischung aus geröstetem Sesam, verschiedene Kräutern (z. B. Thymian, Majoran, Oregano, Ysop, Zatarkraut), Sumach und Salz. Macht sich sehr gut auf Fladenbroten, als trockener Dip oder als Würze für Fleisch.

KICHERERBSEN-KÜCHLEIN

FÜR 2 PERSONEN (ZUM SATTESSEN) FÜR 4 PERSONEN (ALS SNACK),

FÜR DIE KÜCHLEIN

1–2 Knoblauchzehen
1 kleine rote Zwiebel
1 Frühlingszwiebel
½ große rote Chilischote
1 Bund gemischte Kräuter (z. B. Minze, Koriandergrün, Petersilie)
50 g Schafskäse (Feta)
1 Dose Kichererbsen (240 g Abtropfgewicht)
1 TL gemahlener Kreuzkümmel
½ TL gemahlener Koriander
¼ TL Cayennepfeffer
Meersalz
frisch gemahlener schwarzer Pfeffer
1 EL Zitronensaft
80–100 g Semmelbrösel
1 Ei (M)
Pflanzenöl zum Braten

FÜR DEN DIP

200 g (griechischer) Sahne-Naturjoghurt
1 ½ EL Tahini (Sesampaste)
1 EL Zitronensaft
Meersalz

ZUBEREITUNGSZEIT: 30 Min.
KÜHLZEIT: 30 Min.
PRO PORTION (BEI 4):
ca. 315 kcal, 12 g EW, 16 g F, 28 g KH

1 Für die Küchlein Knoblauch und Zwiebel schälen, die Frühlingszwiebel waschen und putzen, Chili waschen. Alles in grobe Stücke schneiden und in die Schüssel der Küchenmaschine (mit Messereinsatz) geben. Kräuter abbrausen, trocken schütteln und die Blättchen abzupfen (ca. 20 g), den Feta grob zerkleinern, beides ebenfalls in die Schüssel geben. Alles fein pürieren, dabei immer wieder mal die Zutaten, die sich an der Schüsselwand angesammelt haben, mit einem Teigspatel nach unten streifen.

2 Die Kichererbsen in einem Sieb abbrausen, abtropfen lassen und mit den Gewürzen, Salz, Pfeffer und Zitronensaft mit in die Schüssel geben. Alles so lange pürieren, bis keine großen Stücke mehr sichtbar sind, es soll aber auch kein ganz feines Püree sein. Mit 30–40 g Semmelbröseln zu einer gerade formbaren Masse verrühren und würzig abschmecken. Im Kühlschrank in mindestens 30 Min. fest werden lassen.

3 Für den Dip alle Zutaten in einen hohen Mixbecher geben und mit dem Pürierstab glatt mixen. Den Dip abschmecken und kalt stellen.

4 Restliche Semmelbrösel in eine kleine Schale geben. Das Ei in einer zweiten Schale verschlagen. In eine große beschichtete Pfanne ½ cm Öl gießen und erhitzen. Aus der Kichererbsenmasse kleine Bällchen formen (nicht größer als ein Tischtennisball), diese flach drücken und zuerst im Ei, dann in den Bröseln wenden. Die Küchlein im Öl bei mittlerer Hitze auf jeder Seite 3–4 Min. braten, bis sie gut gebräunt und knusprig sind. Auf Küchenpapier entfetten und mit dem Dip servieren.

TIPP Dazu schmeckt jede Art von Salat, von Tomate über Gurke bis zum simplen gemischten Blattsalat. Der Dip lässt sich mit Kräutern (z. B. Koriandergrün, Minze, Petersilie) variieren, dann das Tahini durch 1–2 Handvoll Kräuterblättchen ersetzen.

Diese kleinen Küchlein sind angelehnt an klassische Falafel, die mittlerweile nicht mehr nur im Mittleren Osten populäres Fast Food sind. Da Falafel-Lust bei mir aber immer sehr spontan auftritt, habe ich die typische Zubereitungsmethode um das zeitaufwendige Einweichen der Hülsenfrüchte abgekürzt. Auch der Topf Öl zum Frittieren musste dran glauben. Gewendet in Semmelbröseln bekommen die Küchlein in der Pfanne trotzdem eine knusprige Hülle, bleiben aber im Inneren schön saftig. Beim Abschmecken keinesfalls zu zaghaft sein, im Zweifel ein Mini-Küchlein »testbraten«.

SATT-MACHER

MÖHRENSALAT
MIT RÖSTKICHERERBSEN

FÜR 4 PERSONEN
1 Dose Kichererbsen (240 g Abtropfgewicht)
2 kleine rote Zwiebeln
40 g Walnüsse
1 ½ TL Garam masala
½ TL Cayennepfeffer
¼–½ TL Zimtpulver
Meersalz
5–6 EL Olivenöl
30 g Rosinen
400 g Möhren
½ Bund Koriandergrün
½ Bund Minze
2–3 EL Zironensaft
1 EL Honig

ZUM SERVIEREN
griechischer Sahne-Naturjoghurt (auch fein: Feta oder Ziegenkäse)
Fladenbrot

ZUBEREITUNGSZEIT: 30 Min.
PRO PORTION:
ca. 310 kcal, 5 g EW, 22 g F, 21 g KH

Das damalige »Basta Art Café« war eine wunderbar beschauliche Oase inmitten des historischen Bastakiya-Viertels. Eigentlich wollten wir uns dort nur kurz erfrischen, aber die Karte klang einfach zu verlockend ... Ein lauwarmer Möhrensalat hinterließ bei mir den größten Eindruck – und es wurde daraus einer meiner absoluten Lieblingssalate!

1 Backofen auf 220° vorheizen. Kichererbsen in einem Sieb abbrausen und abtropfen lassen. Zwiebeln schälen und in dünne Spalten schneiden, Walnüsse grob hacken. Alles auf einem Backblech verteilen, Gewürze und Salz darüberstreuen, 1–2 EL Olivenöl darüberträufeln, gut durchmischen.

2 Blech in den Ofen (Mitte) schieben und den Kichererbsen-Mix 15 Min. rösten, dabei alle 5 Min. durchrühren und nach 10 Min. die Rosinen untermengen. Dann sollte alles ein wenig Farbe angenommen haben und die Zwiebeln anfangen zu bräunen, sonst noch ein paar Min. dranhängen.

3 Inzwischen die Möhren schälen und grob raspeln. Kräuter abbrausen und trocken schütteln, die Blättchen abzupfen und fein hacken. Beides in eine Schüssel geben. Den Salat mit Zitronensaft, dem übrigen Olivenöl, Honig und Salz abschmecken.

4 Kichererbsen-Mix aus dem Ofen holen und noch heiß zu dem Möhrensalat geben, alles vermengen und den Salat noch mal abschmecken. Dann sofort servieren – am besten mit Joghurt und Fladenbrot.

LIEBLINGS SALAT

BULGURSALAT
MIT NÜSSEN

FÜR 4 PERSONEN
400 ml Hühner- oder Gemüsebrühe
200 g grober Bulgur
1 Bund Minze
½ Bund Petersilie
3 Schalotten
40 g Walnüsse
40 g Mandeln
3 EL Butter
60–75 g getrocknete Cranberrys
1 TL Zimtpulver
2–3 EL Zitronensaft
3–4 EL Olivenöl
2 Prisen Zucker
Meersalz

ZUBEREITUNGSZEIT: 30 Min.
PRO PORTION:
ca. 530 kcal, 10 g EW, 29 g F, 53 g KH

Ein Salat zum Sattessen! Er eignet sich aber auch wunderbar als Snack oder kleines Mittagessen und schmeckt zudem am nächsten Tag noch toll. Dann sollte man ihn allerdings mit ein wenig Olivenöl und Zitronensaft auffrischen.

1 Die Brühe zum Kochen bringen, Bulgur einrieseln lassen und 5 Min. bei geringer Hitze offen köcheln lassen. Dann vom Herd nehmen, Deckel auflegen und den Bulgur mindestens 20 Min. quellen lassen.

2 In der Zwischenzeit die Kräuter abbrausen, trocken schütteln und fein hacken. Die Schalotten schälen und in dünne Ringe schneiden. Walnüsse und Mandeln nicht zu fein hacken. Butter in einer Pfanne schmelzen. Darin Schalotten bei mittlerer Hitze dünsten, bis sie bräunen. Dann Walnüsse, Mandeln, Cranberrys und Zimt noch 2 Min. mitrösten. Vom Herd ziehen.

3 Falls nötig, überschüssige Flüssigkeit des Bulgurs abgießen und das Getreide mit einer Gabel auflockern. Zitronensaft, Kräuter und Nuss-Mix unterrühren, mit Olivenöl, Zucker und Salz kräftig (!) abschmecken.

TIPP Anstatt der Cranberrys passen auch gut frische Granatapfelkerne, sie geben dem Salat eine angenehm säuerliche Note.

OFEN-AUBERGINEN

FÜR 2 PERSONEN (ALS SNACK)

FÜR DIE AUBERGINEN
2 große Auberginen
2–3 EL Olivenöl
2 TL gemahlener Kreuzkümmel
½–1 TL Cayennepfeffer
Meersalz
frisch gemahlener schwarzer Pfeffer
2 EL Honig
1 ½ EL weiße Sesamsamen (oder weiß und schwarz gemischt)
1 Zitrone

FÜR DIE SAUCE
½ Bund Minze
200 g Naturjoghurt
Meersalz

ZUBEREITUNGSZEIT: 15 Min.
BACKZEIT: 40 Min.
PRO PORTION:
ca. 375 kcal, 10 g EW, 23 g F, 31 g KH

1 Backofen auf 220° vorheizen, ein Backblech mit Backpapier auslegen. Auberginen waschen und der Länge nach halbieren. Das Fruchtfleisch der Auberginenhälften mehrmals kreuzweise bis zur Schale hin ein-, aber nicht durchschneiden, sodass ein Gittermuster entsteht. Großzügig mit Olivenöl einpinseln und gleichmäßig mit Kreuzkümmel, Cayennepfeffer, Salz und Pfeffer bestreuen. Auberginen mit den Schnittflächen nach unten auf das Blech legen und ca. 20 Min. im Ofen (Mitte) rösten.

2 Das Blech aus dem Ofen nehmen und die Auberginenhälften umdrehen. Nun die Schnittflächen mit Honig beträufeln, mit Sesam bestreuen und noch mal 15–20 Min. rösten. Die Auberginen sollen ein wenig zusammengeschrumpelt und komplett durchgebacken, die Schnittflächen appetitlich gebräunt sein. Andernfalls noch etwas weiterrösten und dabei eventuell den Grill dazuschalten (dann aber unbedingt neben dem Ofen stehen bleiben, die Auberginen können schnell verbrennen!).

3 Für die Sauce die Minze abbrausen, trocken schütteln, sehr fein hacken und unter den Joghurt rühren (oder beides zusammen fein pürieren). Mit Salz abschmecken. Die Zitrone in Viertel schneiden.

4 Die Auberginen auf einem Teller anrichten. Mit ein wenig Zitronensaft beträufeln und den Minzejoghurt dazugeben. Das Fleisch der Auberginen ist so weich, dass man es aus der Schale löffeln kann.

Ein Gericht aus der Kategorie »wenig Aufwand, wenig Zutaten« – und große Augen bei den Gästen. So simpel die Zubereitung ist, so fantastisch schmecken diese ofengerösteten Auberginen, die man nach einer guten halben Stunde aus dem Rohr holen kann.

ROLEX
HITACHI

NUR AUFS ZIEL ZU SEHEN, VERDIRBT DIE LUST AM REISEN.

FRIEDRICH RÜCKERT

FISCHFILET MIT ZIMTLINSEN

FÜR 2 PERSONEN

FÜR DIE ZIMTLINSEN

1 kleine Möhre
100 g Puy-Linsen
¼ l Hühner- oder Gemüsebrühe
1 Lorbeerblatt
½ Zimtstange
Meersalz

FÜR DIE SAFRANSCHALOTTEN

10–12 Safranfäden
3–4 Schalotten
2 EL Butterschmalz
Meersalz
1 Prise Zucker

FÜR DAS FISCHFILET

4 Wolfsbarschfilets (je 80–100 g, auch fein: Goldbrasse)
Meersalz
frisch gemahlener schwarzer Pfeffer
2 TL Garam masala
1–2 EL Olivenöl

ZUBEREITUNGSZEIT: 45 Min.
PRO PORTION:
ca. 605 kcal, 53 g EW, 28 g F, 34 g KH

1 Für die Linsen die Möhre schälen und in ½ cm große Würfel schneiden. Die Linsen in einem Sieb abbrausen (vorheriges Einweichen ist bei dieser Sorte nicht notwendig), dann mit Brühe, Lorbeerblatt und Zimtstange in einen kleinen Topf geben und zum Kochen bringen. Linsen bei mittlerer Hitze in 20–25 Min. gar köcheln lassen, dabei nach ca. 15 Min. Möhrenwürfel dazugeben. Falls nötig die Linsen mit Salz abschmecken.

2 Den Backofen auf 200° vorheizen. Eine große Auflaufform bereitstellen, in die alle 4 Fischfilets passen (ersatzweise zwei kleine Formen nehmen).

3 Für die Safranschalotten die Safranfäden in 2 EL Wasser einweichen. Schalotten schälen und in dünne Ringe schneiden. Butterschmalz in einer Pfanne schmelzen. Darin die Schalotten bei geringer Hitze in 8–10 Min. goldbraun rösten, dabei regelmäßiges Umrühren nicht vergessen. Mit Salz und Zucker abschmecken, Safran samt Einweichwasser dazugeben und nur kurz weiter anrösten, bis das Wasser verdunstet ist. Schalotten auf der ausgeschalteten Herdplatte warm halten.

4 Die Wolfsbarschfilets abbrausen, trocken tupfen und mit Salz, Pfeffer und Garam masala würzen. Die Linsen samt Flüssigkeit in der Auflaufform verteilen, Fischfilets darauflegen und mit dem Olivenöl beträufeln. Im Ofen (Mitte) 7–10 Min. garen – optimal sind die Filets, wenn sie innen noch ganz leicht glasig erscheinen. Aus dem Ofen nehmen.

5 Die Zimtlinsen auf Teller verteilen und die Wolfsbarschfilets darauf anrichten. Mit den Safranschalotten belegen, pfeffern und servieren.

Unser Haus wird von 13 Parteien bewohnt und die meisten kochen mit großer Begeisterung und Leidenschaft. So trifft man auf dem Weg durchs Treppenhaus immer wieder auf die unterschiedlichsten Aromen, man weiß genau, in welchem Stockwerk es gerade Pfannkuchen für die Kinder gibt oder in welcher Wohnung vor Kurzem ein Kuchen aus dem Ofen geholt wurde. Am allerliebsten schnuppere ich aber ein zweites Mal, wenn orientalische oder indische Gewürze im Spiel sind. Für einen Augenblick fühle ich mich in ein anderes Land versetzt und verspüre sofort den Drang, etwas Ähnliches zuzubereiten. Wie dieses wunderbar arom[illegible]

SCHARFES LAMM
AUF SÜSSEM COUSCOUS

FÜR 4 PERSONEN

FÜR DIE LAMMSPIESSE

600 g Lammschulter (küchenfertig, also ohne Fett und Sehnen)
1 EL Ras-el-Hanout
1 TL gemahlener Kreuzkümmel
½–1 TL Cayennepfeffer
Meersalz
frisch gemahlener schwarzer Pfeffer
6–7 EL Olivenöl
12 lange Holz- oder Metallspieße

FÜR DEN COUSCOUS

350 ml Hühner- oder Gemüsebrühe
2½ EL Butter
250 g Instant-Couscous
2 rote Zwiebeln
6 Trockenpflaumen
2 EL Olivenöl
50 g Rosinen
40 g Pinienkerne
1 TL Zimtpulver
1½ EL Aprikosenkonfitüre
Meersalz

ZUM SERVIEREN

150 g griechischer Sahne-Naturjoghurt (nach Belieben)

ZUBEREITUNGSZEIT: 50 Min.
PRO PORTION:
ca. 890 kcal, 40 g EW, 49 g F, 69 g KH

Trockenfrüchte haben kein besonders spannendes Image, dabei werden sie meiner Meinung nach völlig zu Unrecht unterschätzt. Sie sind unproblematisch bei der Vorratshaltung, zudem bringen sie – mit Gewürzen in Butter angedünstet – eine einzigartige, süßsäuerliche Geschmacksnote mit. Ganz abgesehen von ihrer herrlich »knatschig-zähen« Konsistenz! Der Couscous schmeckt übrigens auch ohne Fleischzugabe wunderbar, mit gebratenen Halloumispießen (mariniert wie das Fleisch) wird daraus ein vegetarisches Hauptgericht.

1 Für die Spieße die Lammschulter in max. 3 cm große Stücke schneiden, in einer Schüssel mit den Gewürzen, Salz, Pfeffer und 5 EL Öl vermengen und mindestens 30 Min. marinieren. Dann auf die Spieße stecken (Bild 1).

2 Inzwischen Brühe und ½ EL Butter in einem weiten Topf aufkochen, den Couscous unterrühren und den Topf vom Herd nehmen. Couscous zugedeckt 5–7 Min. quellen lassen. Dann mit einer Gabel auflockern.

3 Zwiebeln schälen und in dünne Spalten schneiden. Trockenpflaumen falls nötig entsteinen und grob hacken. Öl in einer Pfanne erhitzen und Zwiebeln darin andünsten. Sobald sie braun werden, Pflaumen, Rosinen, Pinienkerne und Zimt dazugeben und bei geringer Hitze weiterrösten (die Zwiebeln und Pinienkerne dürfen aber nicht zu dunkel werden). Die übrige Butter dazugeben und schmelzen (Bild 2), dann Konfitüre und zum Schluss Couscous untermischen. Mit Salz abschmecken. Abgedeckt warm halten.

4 Eine (Grill-)Pfanne erhitzen. Spieße mit übrigem Öl beträufeln und von allen vier Seiten scharf anbraten, bis Grillspuren zu sehen sind, dann bei geringer Hitze kurz nachziehen lassen (Bild 3). Je nachdem ob man das Fleisch medium oder durchgegart mag, sind das 6–10 Min. in der Pfanne.

5 Couscous auf Teller verteilen, die Spieße darauf anrichten und sofort servieren. Wer möchte, nimmt sich noch etwas Joghurt dazu.

TIPP Wer mag, kann statt der durchwachsenen Lammschulter auch das magere Filet nehmen (Schweine- oder Hähnchenbrustfilet sind ebenfalls fein). Dann aber nicht zu lange braten, sonst werden die Spieße trocken!

Seit ich den Früchte-und-Gemüse-Souk in Dubai gesehen habe, auf dem es auch eine unglaublich große Auswahl an Datteln gibt, bin ich ein noch größerer Dattelfan. Die freundlichen Verkäufer ließen uns in aller Ruhe von jeder Sorte probieren – wahrscheinlich wussten sie, wie unwiderstehlich ihre Früchte schmecken, und dass eine Verkostung das beste Verkaufsargument ist. Die Datteln trugen so exotisch klingende Namen wie Mabroom, Khidri, Safawi oder Ajwa und sie unterschieden sich in Form, Konsistenz, Süße und Reifegrad. Tatsächlich konnten wir uns nicht auf nur eine Sorte festlegen und zogen mit zwei großen schweren Tüten von dannen. Die Preise waren aber auch zu verlockend ... Datteln sind allerdings nicht nur ein verführerischer Snack und Energiespender zwischendurch, man kann zudem ganz vorzüglich mit ihnen kochen.

Rindfleisch-Bällchen

Spicy & Sticky

FÜR 4 PERSONEN

FÜR DAS BOHNENPÜREE
2 Dosen Cannellini-Bohnen oder Kichererbsen (je 240 g Abtropfgewicht)
1 Knoblauchzehe
2 EL Limetten- oder Zitronensaft
50–75 g Sahne-Naturjoghurt
Meersalz

FÜR DIE BRÖSEL
3 Stängel Minze
30 g Pinienkerne
1–2 EL Butter

FÜR DIE BÄLLCHEN
1 rote Zwiebel
2 Knoblauchzehen
5 Medjool-Datteln
600 g Rinderhackfleisch
2 TL Garam masala
2 TL gemahlener Kreuzkümmel
1 ½ TL Cayennepfeffer
1 ½–2 TL Meersalz
frisch gemahlener schwarzer Pfeffer
2 EL Semmelbrösel
3–4 EL Olivenöl
2 EL Aprikosenkonfitüre (auch fein: Granatapfelsirup)

ZUBEREITUNGSZEIT: 45 Min.
PRO PORTION:
ca. 685 kcal, 42 g EW, 43 g F, 31 g KH

1 Für das Püree Bohnen oder Kichererbsen in einem Sieb abbrausen und abtropfen lassen. Den Knoblauch schälen und fein hacken oder fein reiben. Beides mit Limetten- oder Zitronensaft und dem Joghurt in der Küchenmaschine (mit Messereinsatz) oder mit dem Pürierstab glatt mixen. Dabei esslöffelweise Wasser dazugeben, wenn die Konsistenz zu fest sein sollte. Das Püree mit Salz abschmecken und kalt stellen.

2 Für die Brösel die Minze abbrausen, trocken schütteln und fein hacken. Pinienkerne in einem Mörser grob zerstoßen. Die Butter in einer kleinen Pfanne schmelzen, Minze und Pinienkerne dazugeben und kurz anrösten, bis die Brösel zu bräunen beginnen. Auf Küchenpapier entfetten.

3 Für die Bällchen Zwiebel schälen und klein würfeln. Knoblauch schälen und fein hacken oder fein reiben. Die Datteln entsteinen und nicht zu grob hacken. Alles mit Rinderhack, Gewürzen, Salz, Pfeffer und Semmelbröseln in eine Schüssel geben und mit den Händen gut verkneten. Mit Salz abschmecken. Von der Hackmasse walnussgroße Portionen abstechen (ein Eiskugelportionierer mit 4 cm Ø leistet gute Dienste), zu Kugeln formen.

4 In einer großen beschichteten Pfanne das Olivenöl erhitzen. Darin die Fleischbällchen bei mittlerer Hitze in 8–10 Min. rundherum braun braten (ist die Pfanne zu klein, macht man das besser in zwei Durchgängen). Zum Schluss noch die Aprikosenkonfitüre in der Pfanne schmelzen lassen und die Bällchen darin schwenken, bis sie appetitlich glänzen.

5 Das Püree und die Fleischbällchen auf Tellern anrichten, dann mit den Minze-Pinienkern-Bröseln bestreuen.

TIPP Diese Fleischbällchen sind auch kalt ein Renner auf jedem Büfett – egal ob mit Aprikosenkonfitüre glasiert oder nicht.

HÄHNCHEN-CURRYPFANNE

FÜR 4 PERSONEN
400 g Hähnchenbrustfilet
6 EL Olivenöl
3 TL edelsüßes Paprikapulver
½ TL Cayennepfeffer
½ TL gemahlener Kreuzkümmel
Meersalz
frisch gemahlener schwarzer Pfeffer
3 rote oder gelbe Paprikaschoten
2 große rote Zwiebeln
300 g Langkornreis
2–3 EL Butter
1 EL Currypulver
1 TL Zucker

ZUM SERVIEREN
Sahne-Naturjoghurt
(nach Belieben)

ZUBEREITUNGSZEIT: 40 Min.
PRO PORTION:
ca. 595 kcal, 31 g EW, 24 g F, 63 g KH

1 Das Hähnchenbrustfilet waschen, trocken tupfen und in 3–4 cm große Würfel schneiden. Die Filetwürfel mit 3 EL Olivenöl, 2 TL Paprikapulver, Cayennepfeffer, Kreuzkümmel, Salz und Pfeffer in eine Schüssel geben, durchmischen und kurz marinieren lassen.

2 Die Paprikaschoten putzen, waschen und in ca. ½ cm breite Streifen schneiden. Die Zwiebeln schälen, der Länge nach halbieren und in dünne Spalten schneiden.

3 Eine große beschichtete Pfanne erhitzen und darin die Hähnchenfiletwürfel ohne zusätzliches Fett 2–3 Min. scharf anbraten, dabei nur einmal wenden. Das Fleisch sollte ein wenig bräunen, darf aber auch noch rohe Stellen haben. Das Filet aus der Pfanne nehmen und zur Seite stellen (die Pfanne wird weiterverwendet).

4 Zwischendurch den Reis nach Packungsanweisung gar kochen. Dann falls nötig überschüssiges Wasser abgießen und den Reis zurück in den Topf geben. Butter unterrühren und den Reis mit Currypulver, Salz und Pfeffer würzig abschmecken. Bei Bedarf bis zum Servieren warm halten.

5 In der Pfanne 2 EL Olivenöl erhitzen. Die Paprikastreifen und Zwiebelspalten dazugeben, mit übrigem Paprikapulver würzen und bei mittlerer Hitze 7–8 Min. unter Rühren dünsten. Mit dem Zucker bestreuen, 3–4 EL Wasser dazugeben und die Hitze ein wenig hochdrehen. Fleisch unterrühren und alles weitere 3–5 Min. garen, dabei immer wieder mal durchrühren. Mit Salz und Pfeffer abschmecken, übriges Olivenöl unterrühren.

6 Hähnchen, Paprika und Zwiebeln auf Teller verteilen, den Reis daneben anrichten. Wer mag, gibt zum Servieren noch etwas Joghurt darüber.

TIPP Diese Rezept lässt sich ebenso gut fleischlos zubereiten. Dafür die Menge der Zwiebeln und Paprikaschoten erhöhen oder eine gewürfelte Aubergine mit anbraten.

Mein erster kulinarischer Kontakt mit Gewürzen aus dem Mittleren Osten stammt aus meiner Kindheit und dieses simple Rezept ist bis heute – leicht abgeändert – ein Lieblingsgericht geblieben. Meine Großmutter Luise hatte sich mit einigen Flüchtlingen, die bei uns im Dorf untergebracht waren, angefreundet und natürlich machte diese Freundschaft auch vor ihrer Küche keinen Halt. Zu ihren Standardgewürzen gesellte sich ein kleines Tütchen gelben Pulvers, welches bald von einem Gewürzstreuer aus dem Supermarkt ersetzt wurde: Currypulver! Sicher nicht zu vergleichen mit der Vielfalt und Qualität der Currymischungen, die man heute bekommt, aber trotzdem meine erste, ganz große Gewürzliebe!

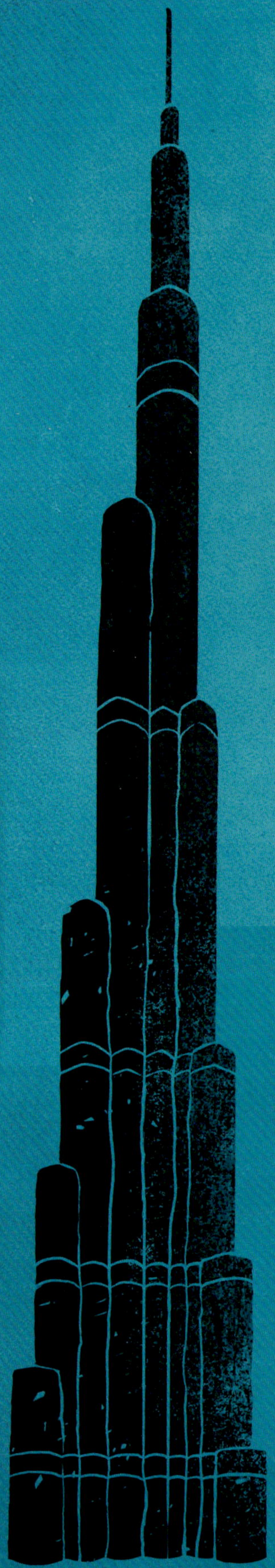

MOBIL SEIN IST ALLES – »TAXI!«

Dubai hat in einem Punkt große Ähnlichkeit mit den USA – niemand scheint zu Fuß zu gehen. Die von Hochhäusern (einschließlich dem Burj Khalifa, dem höchsten Gebäude der Welt) gesäumte Stadtautobahn Sheikh Zayed Road, die in manchen Abschnitten sogar 16 Spuren zählt, ist nicht zuletzt wegen des oft fragwürdigen Fahrstils und der beachtlichen Zahl an Nobelkarossen ein Erlebnis. Wir wollten zu »Ravi's«, einem entfernt gelegen pakistanischen Imbiss, und vertrauten uns deshalb einem Taxifahrer vor dem Hotel an. Schließlich kennen wir die gängigen Abzock-Tricks und lassen uns nicht mehr so leicht übers Ohr hauen. Von wegen. Unser Taxifahrer erzählte betont kumpelhaft von seiner Familie, wohl in der Hoffnung, dass uns so nicht auffallen würde, dass er einen riesigen Umweg fuhr. Darauf angesprochen stritt er jedoch alles ab und ließ uns zeternd bei »Ravi's« aussteigen.

AUCH WER VIEL REIST, WIRD NICHT IMMUN GEGEN GEWITZTE TAXIFAHRER

Flair sucht man im »Ravi's« vergeblich. Plastikeinrichtung und -geschirr bestimmen das Bild und Touristen sind die Ausnahme. Auch wenn alles ein wenig chaotisch ablief, Butterchicken und Lammcurry waren zart und scharf gewürzt, Raita und das frisch gebackene Naan schmeckten tadellos. Zurück auf der Straße schnappten wir uns das nächstbeste Taxi und wussten allerspätestens am Hotel, dass uns der erste Fahrer tatsächlich übers Ohr gehauen hatte – diesmal zahlten wir nur die Hälfte.

Am nächsten Morgen standen eine Abra-Fahrt über den Creek sowie verschiedene Souks auf dem Programm. Unser Taxifahrer vom Vortag versuchte sein Glück tatsächlich wieder bei uns, aber als wir ihn an seinen überhöhten Preis erinnerten, spielte er den Ahnungslosen. Doch auch mit dem nächsten Taxifahrer sollten wir kein Glück haben. Beim Auffahren auf die Sheik Zayed Road platzte dem Auto ein Hinterreifen und der Fahrer brachte den schlingernden Wagen zum Stehen. Ganz die Ruhe selbst griff er zum Telefon und binnen weniger Minuten konnte wir zu einem seiner Kollegen umsteigen.

STIMMUNGSVOLLER SONNENUNTERGANG IN DER »360° BAR«

Da traf es sich gut, dass wir den Rest des Tages zu Fuß unterwegs waren. Mit der GPS-Funktion des Handys, der Roaming-Option und einer zu Hause angelegten Google Map lässt es sich einfach in fremdem Terrain navigieren – aus den verwinkelten Gassen des Spice Souk zum Deira Fish Souk und zu meinem persönlichen Highlight, dem Dattel Souk mit seinen riesigen Früchtebergen (Sorten wie Mabroom oder Safawi hatte ich noch nie probiert).

Als nächstes stand »Fish Fry« auf unserer Liste, ein kleines Strandhäuschen, das bekannt war für seine Fischküche. Unsere Freundin Patricia hatte uns die Straßeneinfahrt zwischen dem legendären Burj Al Arab und der Jumeirah Beach Road beschrieben. Erneut vertrauten wir uns einem Taxifahrer an, der bei unserer Beschreibung noch überzeugend nickte, am Jumeirah Beach angekommen aber nur noch ratlos mit den Schultern zuckte. Also Plan B.

Die »360° Bar« des »Jumeirah Beach Hotels« war nur einen Steinwurf entfernt. Welchen Aufwand es kosten würde, einen Fuß in diese Bar zu setzen, hatten wir allerdings gewaltig unterschätzt. Im Hotel wurden wir darauf aufmerksam gemacht, dass man an bestimmten Tagen (heute!) auf der Gästeliste stehen müsste – das könnten wir aber per Online-Registrierung rasch erledigen. Gesagt, getan. Man schickte uns direkt zum Gate, an dem ein Türsteher den Zugang sowie ein Dutzend Luxuskarossen bewachte: »Are you on the guest list?« Bei einer gerade vorgenommenen Registrierung konnte er uns aber unmöglich darauf finden. »We just signed up!« waren dann die magischen Worte, die uns Zutritt verschafften. Mit einem Golf-Buggy wurden wir zur Bar chauffiert. Gerade noch rechtzeitig, um einen spektakulären Sonnenuntergang mit Blick auf das Burj Al Arab zu genießen. Als uns dann noch ein hilfsbereiter Barkeeper den Weg zum »Fish Fry« aufzeichnete, war selbst mein hungriger Magen wieder mit der Welt versöhnt. Keine halbe Stunde später streckten wir unsere Füße unter einen kleinen Tisch der »Bu Qtair Cafeteria« und waren uns einig, dass die Shrimps und das Fischcurry den Aufwand mehr als gerechtfertigt hatten. Wie heißt es so schön: Der Weg ist das Ziel – und manchmal eben auch ein kleiner Umweg.

DIE BESTE SÜSSIGKEIT VON ALLEN – DATTELN VERSCHIEDENSTER ART

GEWÜRZTER SCHOKOTRAUM

FÜR 1 SPRINGFORM (24–26 CM Ø, 12–16 STÜCKE)

100 g ganze oder gemahlene Walnüsse
½ Vanilleschote
1 TL Zimtpulver
¼ TL gemahlene Nelken
¼ TL gemahlener Kardamom
200 g Zartbitterschokolade (60–70 % Kakaoanteil)
200 g Butter
175 g Zucker
¼ TL Meersalz
4 Eier (M oder L)
1 EL brauner Rum
40 g Mehl

AUSSERDEM

Butter zum Fetten der Form

ZUBEREITUNGSZEIT: 15 Min.
BACKZEIT: 26 Min.
PRO STÜCK (BEI 16):
ca. 275 kcal, 4 g EW, 21 g F, 18 g KH

1 Den Backofen auf 180° vorheizen. Den Boden der Springform mit Backpapier auslegen, den Rand mit Butter einfetten.

2 Die ganzen Walnüsse fein hacken. Gehackte oder gemahlene Nüsse in eine Pfanne geben und bei geringer Hitze anrösten. Vanilleschote der Länge nach aufschneiden, das Mark herauskratzen (die Schote eventuell für Gewürzaprikosen aufheben, siehe Tipp) und mit Zimt, gemahlenen Nelken und Kardamom zu den Nüssen geben. Alles so lange weiterrösten, bis die Gewürze zu duften beginnen und die Nüsse leicht Farbe bekommen.

3 Schokolade grob hacken und mit der Butter in einer Metallschüssel über einem heißen Wasserbad (siehe S. 119) unter Rühren mit einem Teigspatel schmelzen. Den Zucker und das Salz dazugeben und gründlich unterrühren, bis sich der Zucker aufgelöst hat, dann die Schüssel von dem Wasserbad nehmen. Nun nach und nach die Eier unterrühren (es soll keine Luft unter den Teig gearbeitet werden), dann den Rum und die Gewürznüsse. Das Mehl darübersieben und gut einarbeiten.

4 Den Teig in der Form verteilen und im Ofen (Mitte) 24–26 Min. backen. Kuchen aus dem Ofen nehmen und ein wenig abkühlen oder komplett auskühlen lassen. In kleinen Stücken servieren – er ist sehr mächtig!

TIPP Zum Schokotraum passen wunderbar Eiscreme, Schlagsahne oder Gewürzaprikosen. Dafür 400 ml Wasser mit 100 g Zucker, ½ ausgekratzten Vanilleschote (vom Kuchen), ½ TL gemahlenem Kardamom und ein paar Safranfäden aufkochen. 1 Bio-Zitrone heiß waschen, abtrocknen und die Schale mit dem Sparschäler möglichst dünn abschälen, den Saft auspressen. Beides zum Gewürzsirup geben, ebenso 150 g getrocknete Aprikosen. Alles 10–15 Min. bei geringer Hitze sanft vor sich hin köcheln lassen, dann die Früchte und den Sirup in ein großes Einmachglas füllen, abkühlen und mindestens 24 Std. im Kühlschrank durchziehen lassen.

So sehr ich die Küche des Nahen Ostens liebe, so oft sind mir deren typische Nachspeisen zu süß. Aber wie beendet man ein selbst gekochtes arabisches Menü dann am besten? Ein orientalischer Obstsalat mit Orangen, Datteln, Granatapfelkernen und Nüssen passt natürlich immer, wären da nicht die nie verstummenden »Was ist mit Schokolade?«-Stimmen. Deshalb habe ich einem Klassiker einen neuen Anstrich verpasst – mit Walnüssen und Gewürzen.

SINGAPUR

Frühstückswunder **Kaya-Creme,** Tricks für **Asiafood** im Alltag, **Blumenkohl-Pakoras** für alle Dip-Freunde, Streetfood für zu Hause – **Gyoza,** echter Kombikünstler **Mango-Avocado-Salat,** pikantes **Glasnudelsalat-Fingerfood,** knusprige **Hähnchen Karaage,** die **ultimativen Curry Noodles,** zaubern ein Lächeln ins Gesicht: **Low & Slow Spareribs,** zarte **glasierte Ente,** echte **Must Eats,** ungewöhnlicher **Black Sticky Kokosreis,** Muntermacher **Vietnamese Coffee Ice Cream.**

KAYA-CREME

FÜR 1 GLAS (450–500 ML)
4 Pandan-Blätter (siehe S. 209 und Tipp)
200 g Kokosmilch
1 Ei (M oder L)
3 Eigelb (M oder L)
125 g Zucker
¼ TL Meersalz

ZUM SERVIEREN
Toastbrot
Butter

ZUBEREITUNGSZEIT: 20 Min.
RUHEZEIT: 30 Min.
PRO GLAS:
ca. 960 kcal, 12 g EW, 43 g F, 130 g KH

1 Die Pandan-Blätter waschen, trocken tupfen, in grobe Stücke schneiden und in einen kleinen Topf geben. Mit der Kokosmilch aufgießen und zum Kochen bringen, dann vom Herd ziehen und 30 Min. ziehen lassen. Die Milch durch ein Sieb gießen und dabei die Blätter gut ausdrücken.

2 Das Ei, die Eigelbe, Zucker und Salz in eine Metallschüssel geben und mit einem Teigspatel verrühren, die aromatisierte Kokosmilch dazugießen. Dann die Eier-Kokosmilch über einem heißen Wasserbad (siehe S. 119) ununterbrochen rühren, damit sie nicht stockt und zu Rührei wird, aber leicht andickt. Hier ist etwas Geduld gefragt, es kann durchaus 20 Min. und auch länger dauern, bis die Creme die richtige Konsistenz bekommt – schön samtig und cremig-dickflüssig.

3 Die Kaya-Creme noch heiß durch ein Sieb in ein gründlich gesäubertes Einmach- oder Twist-off-Glas füllen und gut verschließen. Auskühlen lassen. Zum Servieren Toastbrot rösten, großzügig mit Butter und Kaya-Creme bestreichen. Im Kühlschrank hält sich die Creme bis zu 1 Woche (sie wird dann noch mal ein wenig fester).

TIPPS Pandan-Blätter gibt es im Asialaden. Da man hier üblicherweise mehr Blätter kaufen muss, als man braucht, Rest einfach gut eingewickelt einfrieren. Die Blätter dann bei Bedarf auftauen und weiterverwenden (hier berücksichtigen, dass durch das Tiefkühlen das Aroma der Pandan-Blätter an Intensität verliert und die Menge erhöhen). Oder die Blätter als natürliches Raumparfum offen liegenlassen – sie duften herrlich.
Bei der Kokosmilch möglichst auf zwei Dinge achten: Der Kokosanteil sollte bei mindestens 70 % liegen und die Milch sollte sonst nur noch Wasser, aber keinerlei Zusatzstoffe enthalten.

Traditionell wird dick mit Kaya-Creme bestrichener Toast in ein Schälchen mit glibberig weich gekochten Eiern und Sojasauce gedippt, was durchaus gewöhnungsbedürftig ist, zumindest beim ersten Mal. Aber wie so oft, je häufiger man davon probiert, desto weniger seltsam findet man die Kombination. Und und ehe man sich versieht, heißt es: »Wow! Schmeckt das sensationell!« Zum Einstieg am besten den Toast nur mit Kaya und Butter zum Frühstück genießen – diese abgespeckte Version schmeckt wirklich jedem, der Kokos mag!

ASIAFOOD IM ALLTAG

Wer kennt das nicht: Für ein ausgefallenes Rezept hat man den halben Asialaden leergekauft, aber dann fehlen alltagstaugliche Einsatzmöglichkeiten für asiatische Saucen, Pandan & Co. – und das Regal füllt sich stetig. Hier einige Ideen zum Aufbrauchen dieser Spezialitäten:

AUSTERNSAUCE

Die dickflüssige Sauce kann (sparsam!) verwendet werden wie Sojasauce. Schon wenig davon haucht gebratenem Gemüse asiatisches Aroma ein. Im Kühlschrank lagern.

CURRYPASTEN

Sie unterscheiden sich in Zutaten, Farbe (rot, gelb, grün) und Schärfegrad, am populärsten ist die rote Variante. Als Würzpaste verleiht sie allem eine (leicht) scharfe, fernöstliche Note – das funktioniert besonders gut bei Fleischmarinade, Ofengemüse, Brathähnchen und Suppen (Blitz-Version: Gemüse mit Öl und Currypaste in einem Topf anrösten und mit Kokosmilch und etwas Brühe ablöschen, dann pürieren oder stückig lassen). Sind die Pasten einmal geöffnet, im Kühlschrank aufbewahren.

FISCHSAUCE

Als thailändische »Nam Pla« oder vietnamesische »Nuoc Mam« erhältlich. Aus vergorenen Fischen hergestellt ist sie eine kleine Wunderwaffe beim Abschmecken von Salaten oder Suppen, sozusagen das asiatische, flüssige Äquivalent zu den eingelegten Anchovis rund ums Mittelmeer. Keine Sorge, die Sauce ist zwar würzig – Umami! –, aber das fertige Gericht schmeckt deswegen nicht nach Fisch. Erst zum Schluss und sparsam zugeben. Muss nicht gekühlt werden.

KETJAP MANIS

Die dunkle, melasseartige Würzsauce verbindet das Salzige von Sojasauce und die Süße von Palmzucker. Macht sich gut in Dips und Marinaden für Fleischgerichte, etwa für scharfe Rippchen. Besser gekühlt aufbewahren.

PANDAN-BLÄTTER

Die langen grünen Blätter werden sowohl für süße als auch würzige Speisen verwendet. Püriert man sie mit Wasser und siebt die Blattreste aus, enthält man einen leuchtend grünen Aroma-Extrakt, wie er für asiatische Dessert verwendet wird. Oder man legt ein Dämpfkörbchen mit den Blättern aus, so geben sie ihr zartes Aroma an Fisch, Fleisch oder Dim Sum ab. Verknotete Blätter im Topf mitgekocht verleihen auch Reis eine feine Note.

REISESSIG

Der helle Essig eignet sich nicht nur für die Zubereitung von Sushi-Reis, sondern ist durch seine milde Säure eine Alternative für Weißweinessig in Dressings, wird gern zum Einlegen von Pickles verwendet und gibt einem im Wok gerührten Stir-Fry den richtigen Hauch Säure. Die kräftigere, dunkle Variante wird wegen ihrer leichten Süße oft mit Aceto balsamico verglichen und ist pur oder gemischt mit Sojasauce, Knoblauch, Chili und Ingwer DER Dip für Dim Sum.

SESAMÖL

Helles, blassgelbes Sesamöl ist relativ geschmacksneutral und gut zum Braten geeignet. Ausdrucksstärker ist die dunkle, geröstete Variante – ein paar Tropfen davon über gebratenen Reis, Stir-Fry aus dem Wok, Spinatsalat oder gedämpftes Fischfilet geträufelt verleihen dem Gericht eine sehr nussige Sesamnote. Dunkel aufbewahren.

Perfekt zum Ausräumen des Kühlschranks und für Gemüsereste, die weg müssen: Pakoras. Wichtig ist hier nur, das Gemüse in nicht zu große und dicke Stücke zu schneiden, damit sie in der kurzen Zeit im heißen Frittieröl auch vollständig durchgaren können. Hat man den Dreh aber erst mal raus, dann sind Knusperteile ein Rezept zum »Aus-dem-Ärmel-Schütteln« – und man kann beim Würzen mutig drauflos experimentieren.

BLUMENKOHL-PAKORAS

FÜR 4 PERSONEN (ALS VORSPEISE)

FÜR DEN DIP

½ Bund Koriandergrün
½ Bund Minze
200 g Naturjogurt
1 EL Zitronen- oder Limettensaft
Meersalz

FÜR DIE PAKORAS

1 rote Zwiebel
2 Frühlingszwiebeln
½ grüne Chilischote
1 TL Meersalz
½ kleiner Blumenkohl (ca. 250 g)
½ Bund Koriandergrün
1 TL Garam masala
1 TL gemahlener Kreuzkümmel
1 TL getrocknete Bockshornkleeblätter (gibt es im Asia- oder Gewürzeladen, nach Belieben)
½ TL gemahlene Kurkuma
½ TL Backpulver
80–100 g Kichererbsenmehl
3 EL Reismehl
1 l Erdnussöl zum Frittieren

ZUBEREITUNGSZEIT: 35 Min.
RUHEZEIT: 15 Min.
PRO PORTION:
ca. 215 kcal, 9 g EW, 8 g F, 24 g KH

1 Für den Dip die Kräuter abbrausen, trocken schütteln und die Blättchen fein hacken. Mit Jogurt und Zitronen- oder Limettensaft verrühren und mit Salz abschmecken. Dip abgedeckt in den Kühlschrank stellen.

2 Für die Pakoras die Zwiebel schälen, längs halbieren und in dünne Scheiben schneiden. Frühlingszwiebeln waschen, putzen und die weißen und hellgrünen Teile in feine Ringe schneiden. Die Chilischote waschen und fein hacken. Alles in eine Schüssel geben, salzen und mit den Händen kurz durchkneten – so ziehen die Zwiebeln Wasser und werden weich.

3 Den Blumenkohl in kleine Röschen teilen, waschen und in einem Sieb abtropfen lassen. Koriander abbrausen, trocken schütteln und die Blättchen grob hacken. Beides unter die Zwiebelmischung mengen.

4 Gewürze, Backpulver, Kichererbsen- und Reismehl vermischen. Die Mehlmischung über dem Gemüse verteilen und mit dem Kochlöffel untermengen, dabei esslöffelweise so viel Wasser dazugeben (60–75 ml), bis das Mehl gebunden und das Gemüse gleichmäßig von Teig überzogen ist. Die Gemüsemasse dann 15 Min. ruhen lassen.

5 In einen weiten Topf oder einen Wok mindestens 3 cm hoch Öl gießen und auf 165–175° erhitzen (die Temperatur mit einem Küchenthermometer messen oder einen Holzkochlöffel ins Öl halten, es steigen dann sofort Bläschen auf). Den Backofen auf 60° vorheizen.

6 Mit zwei Esslöffeln nach und nach von der Gemüsemasse kleine Portionen abstechen (insgesamt 15–18 Stück), kompakt formen, ins heiße Öl gleiten lassen und in 4–6 Min. goldbraun frittieren, dabei häufig wenden. Mit einem Schaumlöffel herausheben und auf Küchenpapier entfetten. Fertige Pakoras im Ofen warm halten, während die nächste Portion ausgebacken wird. Die Pakoras lieber in mehreren Durchgängen frittieren, sonst sinkt die Öltemperatur zu stark und sie werden nicht richtig knusprig. Mit dem Dip servieren.

FEINSTE HANDARBEIT

GYOZA

Singapur macht einem die Auswahl nicht leicht, vor allem was Dim Sum – Häppchen, die das Herz erfreuen – betrifft. Überall bekommt man diese kleinen chinesischen Köstlichkeiten, sei es in Hawker Centren, in den riesigen Shopping Malls, in Hotel-Restaurants oder sogar in darauf spezialisierten Sterne-Restaurants. Nie war der berühmte Satz »I'll have what she's having!« aus dem Film »Harry & Sally« nützlicher – mit den Augen auswählen kann einem Enttäuschungen ersparen. Dabei ist es gar nicht so schwer, solche Häppchen selbst herzustellen – japanische Gyoza sind da ein guter Einstieg.

FÜR 30–40 GYOZA

FÜR DIE TEIGTÄSCHCHEN

30–40 TK-Gyoza-Teigblätter (ca. 7 ½ cm Ø)
2 Knoblauchzehen
1 Stück Ingwer (2–3 cm)
1 Frühlingszwiebel
½ grüne Chilischote
250 g Schweinehackfleisch
3–4 EL helles Sesamöl
1 EL Sojasauce
Meersalz

FÜR DEN DIP

1 Frühlingszwiebel
1 Stück Ingwer (ca. 2 cm)
4 EL Sojasauce
3 EL heller oder dunkler Reisessig
1 EL helles Sesamöl
½–1 TL gemahlener Palmzucker (ersatzweise brauner Zucker)
Chiliöl (nach Belieben)

ZUBEREITUNGSZEIT: 1 Std.
AUFTAUZEIT: 1 Std.
PRO STÜCK (BEI 40): ca. 50 kcal, 2 g EW, 4 g F, 2 g KH

1 Die Teigblätter rechtzeitig aus dem Tiefkühlfach nehmen und abgedeckt in ca. 1 Std. auftauen lassen, damit sie nicht austrocknen (oder schon über Nacht in der Verpackung im Kühlschrank auftauen lassen).

2 Für den Dip Frühlingszwiebel waschen, putzen, fein hacken. Ingwer schälen und fein reiben. Beides mit den anderen Zutaten verrühren. Wer es gern schärfer mag, gibt noch etwas Chiliöl dazu (am besten das Öl mit auf den Tisch stellen, dann kann jeder seinen Dip selbst schärfen).

3 Für die Täschchen Knoblauch und Ingwer schälen, Frühlingszwiebel und Chili waschen und putzen, alles fein hacken. Mit Hackfleisch, 1 EL Öl und Sojasauce gut vermengen, salzen. Ein Schälchen mit Wasser bereitstellen.

4 Auf einem Küchenbrett nebeneinander mehrere Teigblätter auslegen (Rest mit einem feuchten Tuch bedecken) und jeweils gut ½ TL Hackfüllung mittig daraufsetzen. Den Rand mit ein wenig Wasser bestreichen (Bild 1). Jedes Teigblatt in der Mitte über der Füllung zusammendrücken, dann von dort aus nach außen hin vollständig verschließen, dabei die vordere Blattseite in Falten legen (Bild 2). Unbedingt darauf achten, dass die Täschchen gut geschlossen sind! Auf ein mit Backpapier ausgelegtes Blech setzen.

5 In einem großen Wok 2–3 EL Öl erhitzen. Gyoza kreisförmig hineinsetzen (Bild 3). Bei mittlerer Hitze 2–3 Min. braten, bis sie am Boden gebräunt sind. Dann 50 ml Wasser in den Wok gießen (Spritzgefahr!) und mit dem Deckel schließen. Die Täschchen 5–6 Min. dämpfen, bis die Teigblätter leicht glasig geworden sind und das Wasser vollständig verdampft ist. Die Gyoza auf Tellern anrichten, mit dem Dip servieren.

FRUCHTIG FRISCH

MANGO-AVOCADO-SALAT

FÜR 3–4 PERSONEN
2 vollreife Mangos
1 Salatgurke
1 Hass-Avocado
2 kleine Schalotten
½–1 rote Chilischote
3 EL Limettensaft
1 EL helles oder dunkles, geröstetes Sesamöl
1 TL gemahlener Palmzucker (ersatzweise brauner Zucker)
1 TL Fischsauce
2 EL Cashewnüsse
½ Bund Minze
½ Bund Koriandergrün
Meersalz (nach Belieben)

ZUBEREITUNGSZEIT: 25 Min.
PRO PORTION (BEI 4):
ca. 235 kcal, 3 g EW, 18 g F, 15 g KH

Hat man sich erst einmal davon verabschiedet, was in einen Salat »gehört«, eröffnen sich ganz neue Möglichkeiten. Für ein asiatisches Menü etwa werden tropische Früchte eingebaut und die authentische Note erreicht man durch Dressingzutaten wie Fischsauce, Limettensaft und Sesamöl. Und natürlich extra viele frische Kräuter!

1 Die Mangos schälen, Fruchtfleisch von den Kernen schneiden und in 2–3 cm große Stücke schneiden. Gurke schälen und mit einem Julienne-Sparschäler feine Streifen abhobeln. Die Avocado halbieren, vom Kern befreien, schälen und in kleine Würfel schneiden. Die Schalotten schälen und fein würfeln. Die Chilischote waschen und fein hacken.

2 Für das Dressing Limettensaft, Sesamöl, Palmzucker und Fischsauce verrühren, bis sich der Zucker aufgelöst hat. Alle Salatzutaten mit dem Dressing in eine Schüssel geben und behutsam vermengen.

3 Cashewnüsse grob hacken. Kräuter abbrausen, trocken schütteln und die Blättchen fein hacken. Die Hälfte der Kräuter unter den Salat mischen und diesen würzig abschmecken (möchte man die Asia-Note verstärken, nimmt man ein wenig (!) mehr Fischsauce, sonst Salz). Mango-Avocado-Salat auf Schälchen verteilen, mit den restlichen Kräutern bestreuen und die Cashewnüsse darübergeben.

MIT CRUNCH

GLASNUDELSALAT-FINGERFOOD

Diese gefüllten Salatblätter sind zwar eindeutig asiatischer Abstammung, haben ihre Vielseitigkeit aber auch schon auf bayrischem Boden bewiesen: Selbst in einem Biergarten waren sie schneller vertilgt als die Brezen.

FÜR 10–14 STÜCKE
50 g Glasnudeln
1–2 Romana-Salatherzen
1 Möhre | 1 Frühlingszwiebel
½–1 große rote Chilischote
1 Schalotte
½ Bund Koriandergrün
(ersatzweise Minze; auch fein: beides gemischt)
40 g Erdnüsse (mit oder ohne Salz)
2 EL Limettensaft | 2 EL Fischsauce
2 EL gemahlener Palmzucker
(ersatzweise brauner Zucker)
2 Knoblauchzehen
1 Stück Ingwer (ca. 1 cm)
2 EL Pflanzenöl
300 g Schweinehackfleisch
1 EL Sojasauce
1 EL Ketjap Manis
Chiliflocken oder Sambal Oelek
(nach Geschmack)
Meersalz

ZUBEREITUNGSZEIT: 35 Min.
PRO STÜCK (BEI 14):
ca. 115 kcal, 5 g EW, 7 g F, 7 g KH

1 Glasnudeln mit kochend heißem Wasser übergießen, ca. 10 Min. ziehen lassen. Die Salatblätter ablösen, waschen und trocken tupfen. Die Möhre schälen und grob raspeln. Frühlingszwiebel und Chili waschen, putzen und fein hacken. Die Schalotte schälen und fein würfeln. Den Koriander abbrausen, trocken schütteln und die Blättchen grob hacken. Die Erdnüsse nicht zu fein hacken.

2 Glasnudeln in ein Sieb abgießen, kalt abbrausen und mit einer Küchenschere in 5–10 cm lange Stücke schneiden. Limettensaft, Fischsauce und Palmzucker verrühren, bis sich der Zucker aufgelöst hat, dann unter die Glasnudeln mengen. Möhre, Frühlingszwiebel, Chili, Schalotte sowie die Hälfte der Kräuter und Nüsse untermischen. Abschmecken.

3 Knoblauch und Ingwer schälen, fein hacken. Öl in einer Pfanne erhitzen, Hackfleisch hineinkrümeln und braun anbraten. Ingwer und Knoblauch dazugeben, kurz mitbraten. Mit Sojasauce, Ketjap Manis, Chiliflocken oder Sambal Oelek und Salz würzen. Unter den Glasnudelsalat mischen.

4 In jedes Salatblatt 1 kleine Portionen Glasnudelsalat füllen und die Häppchen auf einer großen Platte anrichten. Mit den übrigen Erdnüssen und Kräutern bestreuen.

HÄHNCHEN KARAAGE

JAPANESE FAST FOOD

FÜR 2–3 PERSONEN
FÜR DIE MAYONNAISE
1 ganz frisches Ei (M oder L)
1 TL mittelscharfer Senf
1 EL Zitronensaft oder Weißweinessig
Meersalz
frisch gemahlener schwarzer Pfeffer
¼ l Sonnenblumenöl
1 TL fein abgeriebene Bio-Limettenschale oder ½–1 TL Wasabipulver oder -paste (nach Belieben)
FÜR DAS KARAAGE
2–3 entbeinte Hähnchenkeulen (mit Haut, 300–350 g)
1 Stück Ingwer (3–4 cm)
1 Knoblauchzehe
1 EL Sojasauce
1 EL Sake (ersatzweise Mirin oder Weißwein)
Meersalz
frisch gemahlener schwarzer Pfeffer
75 g Kartoffelstärke (ersatzweise Maisstärke)
1 l Erdnussöl zum Frittieren
ZUM SERVIEREN
einige Zitronenspalten (nach Belieben)

ZUBEREITUNGSZEIT: 40 Min.
PRO PORTION (BEI 3):
ca. 1160 kcal,
25 g EW, 108 g F, 20 g KH

1 Für die Mayonnaise alle Zutaten rechtzeitig bereitstellen, damit sie beim Verarbeiten Raumtemperatur haben.

2 Ei, Senf, Zitronensaft oder Essig, Salz und Pfeffer in einen schmalen, hohen Mixbecher (gerade breit genug für den Pürierstab) geben, mit dem Öl aufgießen. Pürierstab so in den Becher halten, dass er das Ei möglichst komplett umschließt. Bei mittlerer bis hoher Geschwindigkeit zu mixen beginnen, bis sich die Zutaten am Boden zu einer Emulsion verbinden und diese seitlich unter dem Pürierstab hervorquillt. Erst dann den Stab ganz langsam (!) nach oben bewegen, bis alles Öl gebunden wurde. Bewegt man den Stab zu früh und zu schnell nach oben, funktioniert diese Methode nicht! Mayonnaise nach Belieben mit Limettenschale, Wasabipulver oder -paste verfeinern. Kalt stellen.

3 Für das Karaage Hähnchenfleisch in mundgerechte Stücke schneiden, dabei die Haut nicht entfernen. Ingwer und Knoblauch schälen, fein reiben und zusammen mit den Fleischstücken in eine Schüssel geben. Sojasauce, Sake, Salz und Pfeffer dazugeben und gründlich mit dem Fleisch vermengen, dann 10–15 Min. durchziehen lassen. Die Kartoffelstärke in eine separate Schüssel geben.

4 Inzwischen das Öl in einem großen weiten Topf auf 175° erhitzen (an einem Holzkochlöffel, den man ins Öl hält, steigen kleine Bläschen auf).

5 Nach und nach immer nur ein paar Hähnchenstücke gleichzeitig in der Stärke wenden, bis sie damit gleichmäßig überzogen sind, dann ins heiße Öl gleiten lassen und frittieren. Die Stücke müssen dabei frei schwimmen können und sollen in 3–5 Min. nach mehrfachem Wenden goldbraun und knusprig ausgebacken sein. Mit einem Schaumlöffel herausnehmen und auf Küchenpapier entfetten. Sofort mit der Mayonnaise servieren. Wer mag, gibt auch noch ein paar Zitronenspalten dazu.

Wer denkt bei frittiertem Hähnchen nicht sofort an Fast Food? Hähnchen JFC (Japanese Fried Chicken) ist genau das, allerdings in seiner allerbesten Form, weshalb der Name auch als charmanter Seitenhieb auf eine amerikanische Fast-Food-Kette verstanden werden kann. Chicken Karaage (sprich: Kah-rah-age) findet man besonders häufig in Hawker Centren oder kann es als Asia-Streetfood entdecken. Natürlich lassen sich auch andere Teile eines Huhns wie mageres Brustfleisch nach diesem Rezept zubereiten. Die charakteristische Mischung aus knuspriger, leicht zäher Haut und saftigem Fleisch erreicht man allerdings nur mit Hähnchenkeulen.

ULTIMATIVE CURRY NOODLES

FÜR 2–3 PERSONEN
30 g grüner Speck
2 Knoblauchzehen
1 Stück Ingwer (ca. 2–3 cm)
2 Frühlingszwiebeln
1–2 Schalotten
½ Bund Koriandergrün
1 Bio-Limette
30 g Cashewnüsse | Meersalz
1–2 EL helles Sesamöl
250 g Schweinehackfleisch
1 EL Ketjap Manis | 1 EL Sojasauce
½–1 TL Sambal Oelek
2 Eier (M) | 1–2 EL Erdnussöl
2 EL rote Currypaste
200 g Kokosmilch
400 ml Hühnerbrühe
1 EL gemahlener Palmzucker
(ersatzweise brauner Zucker)
150 g getrocknete asiatische (Eier-) Nudeln (z. B. Mie, Ramen) oder 300 g fertig gegarte Udon-Nudeln (vakuumverpackt)

ZUBEREITUNGSZEIT: 30 Min.
PRO PORTION (BEI 3):
ca. 860 kcal, 30 g EW, 59 g F, 52 g KH

CHILI MIT SLURP

1 Den Speck in ½ cm große Würfel schneiden. Knoblauch und Ingwer schälen und fein hacken. Frühlingszwiebeln waschen, putzen und weiße und hellgrüne Teile schräg in dünne Ringe schneiden. Schalotte(n) schälen und ebenfalls in dünne Ringe schneiden. Koriander abbrausen, trocken schütteln und die Blättchen grob hacken. Die Limette heiß waschen, abtrocknen und vierteln.

2 Einen Wok erhitzen und die Speckwürfel darin auslassen. Wenn sie glasig sind, die Cashewnüsse und Schalotten dazugeben. So lange bei geringer bis mittlerer Hitze rösten, bis alles goldbraun ist. Salzen, mit einem Schaumlöffel herausnehmen und auf Küchenpapier entfetten.

3 Das Sesamöl in den Wok geben und die Hitze erhöhen. Das Schweinehackfleisch hineinkrümeln, scharf anbraten und in 5–8 Min. leicht knusprig bräunen. Ketjap Manis und Sojasauce, Knoblauch, Ingwer und Sambal Oelek unterrühren, das Hackfleisch abschmecken. Aus dem Wok nehmen und in eine Schale füllen, beiseitestellen.

4 Zwischendurch die Eier anpieksen, behutsam in einen kleinen Topf mit kochendem Wasser gleiten lassen und in 6–8 Min. wachsweich garen. Dann kurz unter kaltem Wasser abschrecken und zur Seite legen.

5 Jetzt das Erdnussöl in den Wok geben (Auswischen ist nicht nötig) und die Currypaste kurz anrösten. Mit Kokosmilch und Brühe ablöschen. Bei geringer Hitze in 6–8 Min. einköcheln lassen, dann die Sauce mit Palmzucker abschmecken. Inzwischen in einem großen Topf reichlich Wasser zum Kochen bringen und darin die Nudeln nach Packungsanweisung garen bzw. erhitzen. Eier schälen und halbieren.

6 Die Nudeln auf Schalen verteilen und die Currysauce darübergießen, das Hackfleisch daraufgeben und die Eier und Limettenviertel seitlich davon anrichten. Mit dem Cashew-Speck-Mix, den Frühlingszwiebeln und dem Koriander bestreuen.

Man bekommt sie als Laksa in Singapur oder als Tan Tan Ramen in Japan. Und dann sind da noch unzählige chinesische und thailändische Rezepte. Mit Reisnudeln, Udon, Soba oder Mie, mit Gemüse oder ohne, mit Fleisch, Shrimps oder Tofu – wahrscheinlich könnte man sich lebenslänglich von Curry Noodles ernähren und würde trotzdem nie die gleiche Nudelschale vor sich haben. Was schade wäre, denn meine Lieblingsvariante vereint das Beste aus verschiedenen Küchen und ist es wert, immer wieder gekocht zu werden!

Man braucht hinterher garantiert einen Zahnstocher, Lippen und Finger kleben schrecklich und trotzdem zählen Spareribs zu meinen allerliebsten Fleischrezepten. Meine erste Liebe gehörte den Rippchen, die meine Großmutter zubereitete (Beiwerk zum sonntäglichen Schweinebraten), meine zweite Liebe den zartesten, die ich je gegessen habe (in einem Restaurant in Atlanta), und hin und weg war ich zuletzt wegen »spicy, sticky spare ribs« in einem Hawker Centre in Singapur. Die einzelnen Rippchen waren mit einer tiefbraunen, klebrigen Sauce überzogen, die zwar ausgeprägte fernöstliche Aromen enthielt, aber gleichzeitig an den Schweinebraten meiner Großmutter erinnerte. Wieder zu Hause habe ich lange am Rezept gefeilt. Man bekommt eine gute Sauce durchaus mit weniger Zutaten hin – aber diese hier ist für mich der heilige Gral der Spareribs.

LOW & SLOW SPARERIBS

FÜR 3–4 PERSONEN
1–1 ½ kg Schweinerippchen
2 EL Schweine- oder Butterschmalz
Meersalz
frisch gemahlener schwarzer Pfeffer
1–2 Schalotten
3 Knoblauchzehen
½ l Malzbier
2 EL heller oder dunkler Reisessig oder Aceto balsamico
4 EL Tomatenketchup
3 EL brauner Zucker (z. B. dunkler Muscovado)
3 EL Sojasauce
1 EL Worcestersauce
2 EL Ketjap Manis
1 EL Honig
½ TL Chipotlepulver (ersatzweise Chilipulver)
½ TL Garam masala
½ TL Ingwerpulver (auch fein: 1 TL frisch geriebener Ingwer)
1 Sternanis

ZUBEREITUNGSZEIT: 45 Min.
SCHMOR- UND GRILLZEIT: 2 Std. 10 Min.
PRO PORTION (BEI 4): ca. 950 kcal, 44 g EW, 68 g F, 38 g KH

1 Die Rippchen gut waschen, um Knochensplitter zu entfernen, trocken tupfen und anhängendes Fett abschneiden. Schmalz in einem gusseisernem Bräter erhitzen und darin die Rippchen portionsweise 2–3 Min. von allen Seiten anbräunen (einige Stellen können roh bleiben), dabei ein wenig salzen und pfeffern. Dann herausnehmen und zur Seite stellen.

2 Die Schalotte(n) schälen und fein würfeln, den Knoblauch schälen und andrücken. Beides im Bräter kurz andünsten, mit Malzbier ablöschen. Alle restlichen Zutaten einrühren und die Sauce kurz aufkochen lassen. Nun die Rippchen möglichst flach in den Bräter schichten (nicht alle müssen mit Sauce bedeckt sein) und dann abgedeckt mindestens 1 ½–2 Std. bei geringer Hitze ganz sanft schmoren lassen (kocht es zu stark, wird das Fleisch zäh). In dieser Zeit alle Rippchen ein- oder zweimal umschichten.

3 Backofen auf 220° (Umluft mit Grillfunktion, wenn möglich) vorheizen. Sobald sich das Fleisch auf Fingerdruck weich anfühlt, die Rippchen aus dem Bräter nehmen und mit der Wölbung nach oben auf dem Blech verteilen. Knoblauch und Anis aus der Sauce nehmen und diese bei starker Hitze in 4–8 Min. um mindestens die Hälfte einkochen lassen, dabei immer sorgfältig umrühren, damit nichts anbrennt (das abgesetzte Fett verbindet sich dabei wieder recht gut mit der Sauce). Sobald eine dickflüssige Konsistenz erreicht ist, Bräter vom Herd nehmen und die Spareribs dick mit der Sauce einpinseln. Bleibt ein Rest übrig, diesen unbedingt am Tisch zum Dippen verwenden.

4 Die Rippchen nun noch 5–10 Min. im Ofen (oben) knusprig grillen. Dabei immer ein Auge darauf haben, sie können rasch verbrennen! Dazu schmecken Ofenkartoffeln oder eine große Schüssel Salat.

TIPP Eine Portionsgröße lässt sich hier schwer festlegen, da Rippchen oft unterschiedlich viel Fleisch am Knochen haben. Faustregel: Eigentlich sind es immer zu wenige! Und da übrig gebliebene Rippchen am nächsten Tag immer noch »saugut« schmecken, lieber etwas mehr einkaufen …

GLASIERTE ENTE

FÜR 2 PERSONEN
2 kleine Entenbrustfilets (je 200 g)
1 TL Meersalz
1 ½ TL 5-Gewürze-Pulver
1 Schalotte
3 Knoblauchzehen
1 Stück Ingwer (2–3 cm)
2 EL Pflanzenöl
½ Zimtstange
2 Sternanise
30 g gemahlener Palmzucker (ersatzweise brauner Zucker)
2 EL Sojasauce
2 EL Ketjap Manis
300 ml Hühnerbrühe (ersatzweise Wasser)
½ TL Sambal Oelek
1 Lorbeerblatt
1 EL Honig
2 Frühlingszwiebeln

ZUBEREITUNGSZEIT: 45 Min.
MARINIERZEIT: 4 Std.
PRO PORTION:
ca. 575 kcal, 39 g EW, 31 g F, 33 g KH

ZARTE VERSUCHUNG

1 Die Entenbrustfilets rundherum mit Salz und 1 TL 5-Gewürze-Pulver einreiben, in einen Gefrierbeutel geben, gut verschließen und in den Kühlschrank legen. Die Filets 3 Std. marinieren lassen. Herausnehmen und noch 1 Std. bei Raumtemperatur weiter marinieren.

2 Dann die Marinade von den Entenbrustfilets abwaschen und die Filets gut trocken tupfen. Die Schalotte schälen und klein würfeln, Knoblauch schälen und nur leicht andrücken. Ingwer schälen und sehr fein hacken.

3 In einem Topf, in dem die Filets gerade nebeneinander Platz finden, das Öl erhitzen. Darin Schalotte und Knoblauch glasig andünsten, dann Ingwer, restliches 5-Gewürze-Pulver, Zimtstange, Sternanise und den Palmzucker dazugeben und kurz anrösten, bis es duftet. Mit Sojasauce, Ketjap Manis und Brühe ablöschen, Sambal Oelek, Lorbeerblatt und den Honig unterrühren. Die Sauce aufkochen lassen, abschmecken und dann bei geringer Hitze heiß halten.

4 Eine Pfanne erhitzen und darin die Entenbrustfilets mit der Hautseite nach unten 3–4 Min. anbraten, bis diese schön gebräunt ist. Wenden und die Filets auf der Fleischseite nur 1 Min. braten. Dann mit der Haut nach oben in die Sauce legen – optimal ist es, wenn nur das Fleisch bedeckt ist, dann bleibt die Haut kross. In der Sauce in 10–14 Min. sanft fertig garen, sie soll dabei gerade nicht mehr kochen, sonst wird das Fleisch schnell zäh. Entenbrüste herausnehmen und in Alufolie gewickelt kurz ruhen lassen.

5 Die Sauce durch ein feines Sieb gießen (die Rückstände entsorgen), dann zurück in den Topf geben und bei starker Hitze um mindestens die Hälfte einkochen lassen, bis sie dick und zähflüssig ist. Die Frühlingszwiebeln waschen, putzen und in dünne Ringe schneiden.

6 Die Entenbrüste schräg in Scheiben schneiden, kurz in der heißen Sauce schwenken und auf Teller verteilen, Frühlingszwiebelringe darüberstreuen. Die glasierte Ente am besten mit Basmati-Reis servieren.

TIPP Wem die Entenbrüste zu rosa geraten sind (Step 4), der kann sie zum Schluss einfach etwas länger in der Sauce nachziehen lassen (Step 5).

Eins der ersten Bilder, das mir in den Sinn kommt, wenn ich an die Hawker Centres in Singapur denke, sind die am Haken baumelnden gebratenen Enten. Karamellfarben glänzen sie wie ein Aushängeschild des jeweiligen Marktstandes, und ihre knusprige Haut scheint absolut makellos. Auch die geschmorten Enten (Teochew Duck) sind mir in besonders guter Erinnerung geblieben. Meine Zubereitungsmethode ist deutlich vereinfacht, garantiert aber eine herrlich zarte Entenbrust.

MEINE SINGAPUR MUST EATS

Da Singapur für eine Vielzahl unterschiedlicher Kulturen und außerordentliche Küchenvielfalt steht, hat man in dem kleinen Inselstaat wirklich die Qual der Wahl. Man könnte den lieben langen Tag ausschließlich mit gutem Essen verbringen. Eine kleine Auswahl meiner Favoriten:

MURTABAK

Mein absoluter Lieblingssnack! Ein Fladenbrot bestückt mit unterschiedlichen Füllungen aus Fleisch und Eiern (Currysauce gibt es extra), welches auf einer öligen Grillplatte vor aller Augen frisch zubereitet wird. Die sehr spartanische Einrichtung gehört im Restaurant »Zam Zam« untrennbar zum Ambiente und konnte mich nicht vom regelmäßigen Wiederkommen abhalten.

KAYA-TOAST

Schon beim ersten Bissen war es um mich geschehen – Kaya ist eine dickliche, gelb-orange Eiercreme mit Kokosmilch, die durch Pandan-Blätter aromatisiert wird. Auf gebuttertem Toast wird ein Traum von einem Frühstück daraus (siehe S. 206).

LAKSA

Es gibt unzählige heiße Diskussionen darum, wer denn nun die Originalversion dieser mit Meeresfrüchten angereicherten aromastarken Nudelsuppe im Angebot hat. Die Rivalität der Standbetreiber in Katong hat es vor ein paar Jahren sogar bis in die Medien geschafft (»Katong Laksa Wars«). Selbst bei über 30 Grad Außentemperatur ist diese scharfe Suppe ein absoluter Genuss.

HAWKER CENTRES & MARKETS

Das Prinzip ist einfach: Die überdachten Garküchen oder Markthallen einmal ablaufen (besonders schön: Lau Pa Sat), das Angebot der vielen Stände sichten und sich dann erst entscheiden. Unschlüssige stellen sich dort an, wo schon die längste Schlange Einheimischer wartet, die kennen die lokalen Geheimtipps von Satay bis Chicken Rice am allerbesten und geben auch meist bereitwillig – auf Englisch – Auskunft.

COCKTAILS

Wer den Weg in die »New Asia Bar« (Swissotel The Stamford, 71. Stock) gefunden hat, wird nicht nur mit einem atemberaubenden Blick belohnt, auch die Cocktails sind exquisit. Die blaue Stunde bietet nicht nur ein magisches Panorama, sondern zudem preiswertere Cocktails bis 21 Uhr (bei der hohen Alkoholsteuer in Singapur ein unschlagbares Argument).

DIM SUM

Das Angebot dieser kleinen Köstlichkeiten ist riesig, egal ob man schon zum Frühstück beginnen möchte oder Sterne-Niveau sucht. Wer einen Vorwand sucht, um sich das legendäre »Raffles Hotel« genauer anzusehen, der bekommt Dim Sum auch im hoteleigenen Restaurant »Royal China« serviert (reservieren!).

LITTLE INDIA

Eines der populäreren Restaurants in Little India, das »Banana Leaf Apolo«, serviert das Essen traditionell auf Bananenblättern. Mutige testen eines ihrer Signature Dishes wie Black Squid oder Fish Head Curry.

SÜSSES

Singapur ist ein Paradies für Naschkatzen, egal ob einem der Sinn nach asiatischen Süßigkeiten, Macarons oder ausgefallenen High-End-Desserts steht. Keinesfalls entgehen lassen sollte man sich den klassischen High Tea in einem der großen Hotels wie »St. Regis«, »Shangri-La« oder »Mandarin Oriental«.

BLACK STICKY KOKOSRICE

FÜR 4 PERSONEN
200 g schwarzer Klebreis (aus dem Asialaden)
400 g Kokosmilch
80–100 g gemahlener Palmzucker (ersatzweise brauner Zucker)
½ TL Meersalz
1 große vollreife Mango (auch fein: Bananen oder Ananas)

ZUBEREITUNGSZEIT: 10 Min.
KOCHZEIT: 1 Std.
PRO PORTION:
ca. 470 kcal, 6 g EW, 18 g F, 73 g KH

BLACK & WHITE

1 Den Reis in einem Sieb sorgfältig abbrausen, mit 1 l Wasser in einen großen Topf geben und (ohne Deckel) zum Kochen bringen. Dann die Hitze so weit reduzieren, dass der Reis nur noch ganz sanft vor sich hin köchelt. Dabei ab und zu umrühren, damit nichts am Boden ansetzt. Wird er zu trocken, etwas Wasser dazugeben.

2 Nach ca. 45 Min. 200 g Kokosmilch, Palmzucker und Salz unterrühren und den Reis weiterköcheln lassen – je nach gewünschter Bissfestigkeit beträgt die Gesamtkochzeit 50–60 Min. Wird der Reis gegen Ende zu trocken, wieder etwas Wasser dazugeben.

3 Die Mango schälen, das Fruchtfleisch vom Kern schneiden und klein würfeln. Den Reis auf Schälchen verteilen und die restliche Kokosmilch zusammen mit der Mango direkt am Tisch dazu reichen.

TIPP Weicht man den Klebreis 8–12 Std. in kaltem Wasser ein, dann verringert sich die Kochzeit um etwa die Hälfte.

Wer Milchreis mag, wird diesen Reis lieben. Er behält ein wenig mehr Biss als weißer Rundkornreis und schmeckt in Kombination mit kalter Kokosmilch absolut köstlich – egal ob als Lichtblick an kalten Wintertagen, Frühstücksalternative für Porridge-Fans oder als stilechtes Dessert nach einem asiatischen Menü (dann aber in etwas kleineren Portionen!). Die Reiskörner verlieren übrigens beim Kochen etwas von ihrer schwarzen Farbe und glänzen beim Servieren in einem verlockenden Purpur. Noch ein Grund diesen Reis zu lieben.

Auch wenn Deutschland ein Land der Kaffeetrinker ist und sich in den letzten Jahre einiges beim Qualitätsanspruch getan hat, so ist vietnamesischer Kaffee noch immer schwer zu finden. Gemeint sind damit nicht nur in Vietnam angebaute Kaffeebohnen, sondern eine bestimmte Zubereitungsart: Mittels eines speziellen Filters tropft der Kaffee langsam in ein Glas mit etwas gesüßter Kondensmilch – umgerührt wird daraus ein unwiderstehlicher Kaffee mit zarter Karamellnote. Diese Art der Kaffeezubereitung ist im gesamten asiatischen Raum sehr populär (etwa in den Trung-Nguyen-Coffeeshops) und so haben wir in Singapur jede Möglichkeit genutzt, diesen Kaffee zu trinken. Wieder zu Hause wurde daraus ein Rezept für diese Eiscreme kreiert.

VIETNAMESE COFFEE ICE CREAM

FÜR 6–8 PORTIONEN (CA. 900 ML EISCREME)
25 g Kaffeebohnen
500 g Sahne
200 ml Milch
¼ TL Meersalz
3 EL Vanillezucker
½ Zimtstange
200 g gesüßte Kondensmilch
3 Eigelbe (M)

ZUBEREITUNGSZEIT: 30 Min.
RUHEZEIT: 30 Min.
KÜHLZEIT: 6 Std.
GEFRIERZEIT: bis zu 10 Std.
PRO PORTION (BEI 8):
ca. 320 kcal, 5 g EW, 24 g F, 22 g KH

1 Die Kaffeebohnen in einem Mörser grob zerkleinern. Sahne, Milch, Salz und Vanillezucker in einem Topf aufkochen, dann vom Herd ziehen und Zimtstange und Kaffeebohnen dazugeben. Die Sahne mindestens 30 Min. ziehen lassen, anschließend durch ein feines Sieb gießen und zurück in den gesäuberten Topf geben.

2 Die gesüßte Kondensmilch mit den Eigelben verschlagen und unter die Kaffeesahne rühren. Die Eier-Kaffee-Sahne langsam unter ständigem Rühren mit einem Teigspatel erhitzen und eindicken lassen. Dieser Schritt ist ganz entscheidend für die cremige Konsistenz der Eiscreme. Wichtig: Die Sahne darf dabei keinesfalls kochen oder zu heiß werden, sonst wird ganz schnell Rührei daraus. Die Kaffeecreme durch das feine Sieb in eine gut verschließbare Plastikbox füllen und mindestens 6 Std. (besser noch über Nacht) im Kühlschrank kalt werden lassen.

3 Die Kaffeecreme mit oder ohne Eismaschine zu Eis verarbeiten. Für die Zubereitung mit der Eismaschine die Kaffeecreme in die Eismaschine füllen und gemäß Bedienungsanleitung zu Eis verarbeiten. Für die Zubereitung ohne Eismaschine die Kaffeecreme in einem gefriergeeigneten, verschließbaren Behälter ins Tiefkühlfach stellen, 2 Std. anfrieren lassen und dann stündlich mit einer Gabel gut durchrühren, bis die gewünschte Konsistenz erreicht ist. Das dauert mindestens 8 Std. (Die Eiscreme wird natürlich nicht so cremig wie bei der Zubereitung mit einer Eismaschine, aber durch die gesüßte Kondensmilch ist die Konsistenz ganz akzeptabel.) Ist die passende Konsistenz erreicht, Eis in einen gefriergeeigneten, verschließbaren Behälter füllen und bis zum Servieren im Tiefkühlfach lagern.

TIPP Mit dieser Eiscreme unbedingt mal einen Eiskaffee (kalter Kaffee, Eiscreme, Schlagsahne) oder Affogato (1 Kugel Eis, die mit einem heißen Espresso übergossen wird) zubereiten. Der ultimative Kaffee-Kick!

REGISTER VON A–Z

L

M

N

REGISTER NACH RUBRIKEN

FRÜHSTÜCK

SNACKS & APPETIZER

VORSPEISEN

VEGETARISCHES

SALATE

SUPPEN & EINTÖPFE

FLEISCH & GEFLÜGEL

FISCH & MEERES-FRÜCHTE

DESSERTS

GEBÄCK

IMPRESSUM

AUTORIN & FOTOGRAFIN
Nicole Stich schreibt in ihrem prämierten Food-Blog www.deliciousdays.com seit 2005 über immer neue kulinarische Fundstücke aus aller Welt. Die besten Inspirationen holt sie sich auf ihren zahlreichen Reisen. Egal, ob Kurzurlaub in einer pulsierenden europäischen Metropole, Roadtrip in den USA oder ausgedehnte Tour in Südostasien – Nicole Stich reist einfach für ihr Leben gern! Kein Wunder, denn in jedem Land und auf jedem Markt entdeckt sie etwas anderes, überall trifft sie Menschen, mit denen sie ihre Leidenschaft für gutes Essen teilen kann. Und von jeder Reise bringt sie die köstlichsten Eindrücke mit und hält sie daheim in ihren Rezepten und Fotos fest.

DANKE!
Ein Extra-Danke der Autorin geht an Oliver Seidel, Hande und Theo Leimer, Beate Kutlar, Sherry und Bob Page, Kristin Baeck, Babsi und Horst Rosenmüller, Andrea Semhoff, Lena und Gitti Henneberg, Ruth und Rudi Herfurtner, Resi-Hilde Scheidler, Bärbel Seidel, Albert Völkl, Coco Lang und Helga Neumärker sowie auch an alle Testköche und -esser und die Leser von www.deliciousdays.com.

BILDNACHWEIS:
Oliver Seidel: Autorenfoto; außerdem S. 2–3; 6; 10; 25 Mitte unten; 32; 33 beide unten; 43 rechts unten; 51 Mitte unten; 58; 59; 64; 67 Mitte; 68 rechts; 74–75; 94; 106 oben, Mitte links, rechts unten; 107 links, rechts unten; 113; 115; 143; 148; 154; 161; 168 oben; 169 rechts oben, rechts unten; 173 Mitte oben; 176; 190; 191; 195 oben; 201; 213 Mitte oben; 216–217; 227 links unten, rechts unten

Nicole Stich: alle anderen Fotos sowie alle Rezeptfotos

Titelrezept: Variante der ultimativen Curry Noodles (S. 220)

Projektleitung: Verena Kordick

Lektorat, Satz/DTP: Redaktionsbüro Christina Kempe, München

Korrektorat: Petra Bachmann

Innen- und Umschlaggestaltung: independent Medien-Design, Horst Moser, München

Illustrationen: Julia Hollweck

Herstellung: Petra Roth

Reproduktion: Medienprinzen GmbH, München

Druck und Bindung: Polygraf Print spol. s r. o., Prešov

Syndication: www.jalag-syndication.de

Sonderedition für BEST-REISEN, eine Marke der BEST-RMG Reisen Management AG, Filderstadt

ISBN 978-3-8338-6603-6

B2B-Editionen schneidern wir maß nach Ihren Wünschen. Bei Interesse: veronica.reisenegger@graefe-und-unzer.de

Backofenhinweis:
Die Backzeiten können je nach Herd variieren. Die Temperaturangaben in unseren Rezepten beziehen sich auf das Backen im Elektroherd mit Ober- und Unterhitze und können bei Gasherden oder Backen mit Umluft abweichen. Details entnehmen Sie bitte Ihrer Gebrauchsanweisung.

GRÄFE UND UNZER

Ein Unternehmen der
GANSKE VERLAGSGRUPPE